ESTE DIÁRIO PERTENCE A:

Nikki J. Maxwell

PARTICULAR E CONFIDENCIAL

Se encontrá-lo perdido, por favor devolva
para MIM em troca de uma RECOMPENSA!

(PROIBIDO BISBILHOTAR!!!☹)

TAMBÉM DE *Rachel Renée Russell*

Diário de uma garota nada popular:
histórias de uma vida nem um pouco fabulosa

Diário de uma garota nada popular 2:
histórias de uma baladeira nem um pouco glamourosa

Diário de uma garota nada popular 3:
histórias de uma pop star nem um pouco talentosa

Diário de uma garota nada popular 3,5:
como escrever um diário nada popular

Diário de uma garota nada popular 4:
histórias de uma patinadora nem um pouco graciosa

Diário de uma garota nada popular 5:
histórias de uma sabichona nem um pouco esperta

Diário de uma garota nada popular 6:
histórias de uma destruidora de corações nem um pouco feliz

Diário de uma garota nada popular 6,5: tudo sobre mim!

Diário de uma garota nada popular 7:
histórias de uma estrela de TV nem um pouco famosa

Diário de uma garota nada popular 8:
histórias de um conto de fadas nem um pouco encantado

Diário de uma garota nada popular 9:
histórias de uma rainha do drama nem um pouco tonta

Diário de uma garota nada popular 10:
histórias de uma babá de cachorros nem um pouco habilidosa

Rachel Renée Russell

DIÁRIO
de uma garota nada popular

Histórias de uma falsiane nem um **POUCO** simpática

Com Nikki Russell e Erin Russell

Tradução: Carolina Caires Coelho

9ª edição

Rio de Janeiro-RJ/São Paulo-SP, 2024

VERUS
EDITORA

TÍTULO ORIGINAL: Dork Diaries: Tales from a Not-So-Friendly Frenemy
EDITORA: Raïssa Castro
COORDENADORA EDITORIAL: Ana Paula Gomes
COPIDESQUE: Anna Carolina G. de Souza e Ana Paula Gomes
REVISÃO: Cleide Salme
DIAGRAMAÇÃO: André S. Tavares da Silva
CAPA, PROJETO GRáFICO E ILUSTRAÇÕES: Lisa Vega e Karin Paprocki

Copyright © Rachel Reneé Russell, 2016
Tradução © Verus Editora, 2017
ISBN 978-85-7686-576-6
Todos os direitos reservados, no Brasil, por Verus Editora.
Nenhuma parte desta obra pode ser reproduzida ou transmitida por qualquer forma
e/ou quaisquer meios (eletrônico ou mecânico, incluindo fotocópia e gravação) ou
arquivada em qualquer sistema ou banco de dados sem permissão escrita da editora.

VERUS EDITORA LTDA. Rua Argentina, 171, São Cristóvão, Rio de Janeiro/RJ,
20921-380 www.veruseditora.com.br

CIP-BRASIL. CATALOGAÇÃO NA FONTE
SINDICATO NACIONAL DOS EDITORES DE LIVROS, RJ

R925d

Russell, Rachel Reneé

Diário de uma garota nada popular 11 : histórias de uma falsiane nem um
pouco simpática / Rachel Reneé Russell ; tradução Carolina Caires Coelho;
[ilustração Lisa Vega , Karin Paprocki]. – 9. ed. – São Paulo, SP : Verus, 2024.
il. ; 21 cm

Tradução de: Dork Diaries : Tales from a Not-So-Friendly Frenemy
ISBN 978-85-7686-576-6

1. Ficção infantojuvenil americana. I. Coelho, Carolina Caires. II. Vega, Lisa.
III. Paprocki, Karin. IV. Título.

16-37594   CDD: 028.5
                                                               CDU: 087.5

Revisado conforme o novo acordo ortográfico.

Impressão e acabamento: Santa Marta

Para Camryn Chase

Você é uma estrela!
Continue dançando!

SEGUNDA-FEIRA, 5 DE MAIO — 7H15
EM CASA

NÃAAAOOOOOO ☹!!

NÃO acredito que isso está acontecendo comigo!!

Descobri ontem que vou estudar na Academia Internacional Colinas de North Hampton durante uma semana, como parte do programa de intercâmbio estudantil!

Sim, eu sei. É um colégio de MUITO prestígio, conhecido pelos alunos excelentes, currículo rigoroso, uniformes sofisticados e pelo belo campus, que mais parece uma mistura de Hogwarts com um hotel cinco estrelas!

A maioria dos alunos abriria mão do próprio CELULAR para ter uma oportunidade de estudar lá.

Então POR QUE eu estou SURTANDO totalmente?

Porque TAMBÉM é o colégio para o qual uma certa RAINHA DO DRAMA se transferiu ☹!

Sim, é verdade! Infelizmente...

MACKENZIE HOLLISTER ESTUDA NA COLINAS DE NORTH HAMPTON!

Chamá-la de garota má é pegar leve. Ela é uma CASCAVEL de gloss labial, brincos de argola e apliques de cabelo loiro...

Não faço a menor ideia de por que ela ME ODEIA!

Mas vocês NUNCA vão acreditar NISSO!

De acordo com a fofoca mais recente (contada pela irmã mais nova dela, Amanda, para a minha irmã mais nova, a Brianna), algumas garotas da Colinas de North Hampton ODEIAM a MacKenzie!...

ELAS TIRARAM SARRO DA MACKENZIE POR CAUSA DAQUELE VÍDEO DO INSETO NO CABELO DELA!

E FIZERAM DE TUDO PARA TORNAR
A VIDA DELA UM INFERNO!

Mas essa história toda fica ainda MAIS ESQUISITA!

Vi a MacKenzie alguns dias atrás na CupCakery, e ela estava com alguns de seus novos amigos. FINGINDO ser... EU!

Foi tão BIZARRO que eu quase tive um treco! Eu queria sair correndo até a DELEGACIA e gritar...

Graças à MacKenzie, minha vida é um interminável

FESTIVAL DO DRAMA!!

Mais ou menos no último mês, ela:

1. me deu uma bolada na cara

2. roubou meu diário

3. invadiu minha coluna de conselhos no jornal

4. me acusou de bullying virtual

E

5. se passou por MIM.

Tipo, QUEM faz uma coisa dessas?!!

Só uma completa e total...

PSICOPATA!

Depois que a MacKenzie foi transferida, eu esperava NUNCA mais ter que ver a cara dela.

Mas NÃÃOOO!!!

Na próxima semana, estarei presa na Colinas de North Hampton com uma LADRA DE IDENTIDADE maldosa e viciada em gloss labial ☹!

POR FAVOR, POR FAVOR, POR FAVOR, faça com que as minhas melhores amigas, a Chloe e a Zoey, também sejam mandadas para aquele colégio.

Com elas ao meu lado, sou capaz de passar por QUALQUER COISA!

Incluindo uma semana DOLOROSAMENTE longa e HORRÍVEL com a minha PIOR inimiga!

☹!

SEGUNDA-FEIRA, 7H50
NO MEU ARMÁRIO

Cheguei ao colégio há cinco minutos, e os alunos do oitavo ano já estão falando sobre a Semana de Intercâmbio Estudantil.

Estou louca para conversar com a Chloe e a Zoey sobre isso.

Mas, no momento, estou com tanto SONO que mal consigo manter os olhos abertos.

Ontem, meus pais me surpreenderam com um...

FILHOTE DE CACHORRO!

Sim, é verdade! A família Maxwell tem uma cachorrinha!

O nome dela é Margarida, e é uma golden retriever.

Ela é uma bolinha de pelo cheia de energia, feliz e boazinha.

Eu AMO TANTO a Margarida que estou pensando em criar uma nova fragrância para adolescentes chamada...

HÁLITO DE CACHORRINHO!!

A Margarida é totalmente PERFEITA ☺!! Ela brinca MUITO e é tão boboca que me faz rir.

De qualquer modo, fiquei tão estressada em relação a ter que ir para a Colinas de North Hampton que mal consegui dormir na noite passada.

E a Margarida não ajudou muito. Por mais que eu a ame, estou começando a desejar que ela tivesse um botãozinho LIGA/DESLIGA, porque...

ESSA CACHORRA NÃO DORME NUNCA!

E, sempre que eu pegava no sono, ela se sentia entediada e solitária e queria BRINCAR...

MARGARIDA DECIDE ME ACORDAR!

Quase ME MATANDO de susto!

EU, SENDO ATACADA POR UMA BOLA DE PELOS FEROZ NA MADRUGADA!

Ela é tão linda que eu nem consegui ficar brava...

EU, ABRAÇANDO A MARGARIDA
(E TENTANDO FAZÊ-LA DORMIR!)

AI, MEU DEUS! Eu provavelmente dormi MENOS de dezessete minutos a noite INTEIRA!

Por culpa da Margarida, estou cansada, mal-humorada e vou passar de aula em aula feito um ZUMBI!

Estou quase exausta demais para sequer ME PREOCUPAR com a Semana de Intercâmbio Estudantil.

Queria que fosse um programa de intercâmbio DE VERDADE, para um lugar distante e exótico, como, talvez... Paris, na França!

Eu **ADORARIA, ADORARIA, ADORARIA** passar uma semana em **PARIS** ☺! É uma cidade TÃO romântica!

Acabei de entregar um projeto na aula de francês sobre o Louvre, o museu de arte, com algumas das obras mais famosas do mundo.

Espero conseguir uma nota decente, já que levei uma ETERNIDADE para redigir o trabalho e fazer os desenhos à mão!

De qualquer modo, acabei de ter a ideia mais brilhante de todas!

Como sou assistente de organização da biblioteca, posso usar isso como DESCULPA para sair do programa.

Simplesmente vou ~~pedir~~ IMPLORAR para a nossa bibliotecária, a sra. Peach, permitir que eu ~~fique~~ AJUDE na biblioteca durante a Semana de Intercâmbio Estudantil.

Logo o colégio estará fechado para as férias de verão, e tem um monte de trabalho que precisa ser feito para que a biblioteca fique pronta para o ano que vem.

Então tenho certeza de que ela vai dizer sim.

PROBLEMA RESOLVIDO! CERTO ☺?!

ERRADO ☹!!

Nesse momento, o diretor Winston fez um anúncio no sistema de som a respeito da Semana de Intercâmbio Estudantil. Ele explicou que a última semana do programa começaria na segunda-feira, dia 12 de maio, e os alunos do oitavo ano que não tinham participado na semana anterior receberiam ainda hoje uma carta com detalhes a respeito das tarefas a serem realizadas em nosso colégio anfitrião.

Ele nos lembrou que, em vez de receber notas por trabalhos em sala, vamos receber créditos por ter completado o programa com sucesso. O aluno que não cumprir as especificações vai ficar sem os créditos necessários para completar o oitavo ano e NÃO passará para o nono ano!

Como se essa notícia não fosse RUIM o bastante, ele disse que, nesse caso, os créditos teriam de ser completados com a participação no CURSO DE VERÃO!

DESCULPA!! Mas, por mais que eu ODEIE a ideia de passar uma semana com a MacKenzie, ODEIO AINDA MAIS a ideia de passar o verão TODO no colégio ☹!

Esse programa de intercâmbio estudantil estava rapidamente se transformando em uma BAITA DOR DE CABEÇA!

Apesar de me sentir sobrecarregada, decidi lidar com meu problema de modo muito calmo e maduro.

Então fui direto para o banheiro das meninas...

E surtei COMPLETAMENTE!!

☹!!

SEGUNDA-FEIRA, 10H55
NO MEU ARMÁRIO

Acabamos de receber nossas cartas...

DO ESCRITÓRIO DO
DIRETOR WINSTON

PARA: Nikki Maxwell

DE: Diretor Winston

ASSUNTO: SEMANA DE INTERCÂMBIO ESTUDANTIL DO OITAVO ANO

Cara Nikki,

Todo ano, os alunos do oitavo ano do Westchester Country Day participam da Semana de Intercâmbio Estudantil entre colégios da região. Acreditamos que isso estimula o senso de comunidade e cidadania entre alunos e professores dos colégios anfitriões. A participação é obrigatória para que VOCÊ cumpra as exigências do oitavo ano.

Na semana que vem, você estudará na ACADEMIA INTERNACIONAL COLINAS DE NORTH HAMPTON (CNH). Esperamos que você se comporte da melhor maneira e siga o estatuto daquele colégio. As fotos para a identificação dos alunos serão feitas no dia 9 de maio, sexta-feira.

Se tiver alguma pergunta ou dúvida, entre em contato comigo.

Atenciosamente,

DIRETOR WINSTON

Todos estavam muito animados lendo as cartas e discutindo as tarefas da escola.

O diretor Winston também havia colocado a lista de alunos na porta da sala dele.

Eu estava no meu armário, escrevendo no meu diário, quando a Chloe e a Zoey vieram correndo até mim, agitando alegremente a carta delas.

"AI, MEU DEUS, Nikki! Adivinha só? NÓS vamos para o MESMO colégio!", a Chloe deu um gritinho histérico.

"O QUÊ?! NÃO ACREDITO!", pisquei, surpresa. "VAMOS?! TEM CERTEZA?"

Eu imaginei que a Chloe e a Zoey já tinham conferido a lista para ver a minha escola.

"A Chloe está certa!", a Zoey sorriu. "Nós VAMOS para a mesma escola! Dá pra acreditar?!"

Aquela notícia era quase boa demais para ser verdade. Sorri e respirei aliviada.

20

Eu tinha desperdiçado muita energia me preocupando sem motivo.

FINALMENTE estava começando a me sentir animada em relação ao programa de intercâmbio. Poderia ser DIVERTIDO!

"Vamos nos divertir MUITO!", gritou a Chloe. "Abraço coletivo, pessoal!"

Estávamos dando um abraço coletivo quando o Brandon se aproximou.

"Me deixem adivinhar. Vocês três vão para o mesmo colégio! Certo?", ele sorriu.

"SIM! Para qual VOCÊ vai?", a Zoey perguntou.

Quando o Brandon mostrou a carta dele, a Chloe e a Zoey gritaram juntas: "AI, MEU DEUS!! O BRANDON VAI PARA A MESMA ESCOLA QUE A GENTE!"

"Isso é MA-LU-CO!", dei uma risadinha feliz. "É quase INACREDITÁVEL que nós QUATRO seremos mandados para..."

EU, ME SENTINDO TOTALMENTE CONFUSA!

"O QUÊ?!", arfei, em choque. "Esperem um pouco, pessoal! Vocês têm certeza?!"

Mas a Chloe, a Zoey e o Brandon não pareciam me ouvir. Os três estavam rindo e falando como seria INCRÍVEL encontrar o melhor amigo do Brandon, o Max Crumbly, no Colégio South Ridge.

De repente, meu estômago começou a revirar e pude sentir o gosto do burrito que comi no café da manhã. Mordi o lábio e tentei engolir o nó na garganta.

Ninguém pareceu notar que eu estava chateada. Era como se eu fosse invisível ou alguma coisa assim. E aquelas pessoas não DEVERIAM ser minhas AMIGAS?!

Sem escolha, precisei fazer a mim mesma uma pergunta muito difícil...

POR QUE EU ESTAVA ME SENTINDO UMA... POÇA DE...

VÔMITO?!!!

23

De repente, todo mundo parou de falar e me encarou. "Nikki, você está bem?!"

Foi quando fechei os olhos e gritei...

"PARA O COLÉGIO DA MACKENZIE?!", eles gritaram.

Perdi totalmente o controle na frente do meu armário enquanto meus três amigos me observavam, sem saber o que fazer.

"Que HORROR!", a Chloe resmungou.

"COITADINHA!", disse a Zoey.

"Que baita AZAR!", o Brandon murmurou.

AI, MEU DEUS!

Eu estava tão frustrada e irritada que senti vontade de...

GRITAR!!

De jeito NENHUM eu vou para o colégio da MacKenzie para ser humilhada em público por ela.

DE NOVO!!

Acho que isso significa que vou me matricular no curso de verão.

Sinto muito, diretor Winston!

Mas, agora que eu sei que nenhum dos meus amigos estará na CNH comigo, prefiro arrancar meu olho com uma vara suja a fazer parte desse programa IDIOTA!

☹‼

SEGUNDA-FEIRA, 13H45
NA AULA DE BIOLOGIA

O Brandon e eu somos parceiros de laboratório na aula de biologia e nos sentamos próximos. Acho que ele deve estar preocupado comigo ou algo assim, porque não para de me enviar mensagens de texto...

BRANDON: Vc tá bem?

NIKKI: Estou. Só um pouco chateada com a história da CNH.

BRANDON: O q acha de eu falar com o diretor Winston para trocarmos de escola?

NIKKI: ???

BRANDON: Vc vai p o South Ridge c as meninas. Eu vou p Hogwarts. Assim vc voltaria a sorrir?!

NIKKI: Tá brincando? Vc faria isso?!

BRANDON: Claro! P uma amiga.

27

NIKKI: Valeu! Mas agora tô bem. Sério!

Ficamos olhando para as mensagens e coramos. Depois, olhamos um para o outro e coramos. E toda essa coisa de ficar encarando e corando durou, tipo, uma ETERNIDADE!...

BRANDON E EU, TROCANDO MENSAGENS DE TEXTO NA AULA DE BIOLOGIA

BRANDON: Essa aula é tão chata.

NIKKI: Concordo totalmente. Estou tentando ficar acordada.

BRANDON: Se eu cochilar, por favor me dê um TAPA.

NIKKI: Tá! Haha! Pare de me fazer rir, ou nós dois levaremos advertência por trocar mensagens na aula.

BRANDON: Ei, pelo menos vc tá sorrindo de novo!

Quando a aula de biologia terminou, o Brandon já tinha me animado. Eu estava começando a sentir que talvez aquilo NÃO FOSSE o fim do mundo, afinal.

Foi muito gentil da parte dele se oferecer para trocar de escola comigo e ir para a CNH. Mas a MacKenzie tem uma QUEDA ainda maior que a minha pelo Brandon! Ela com certeza deixaria de passar gloss labial pelo resto da vida se pudesse passar a semana inteira com ele na CNH.

Desculpa, amiga! Mas NÃO vai rolar!
☺!!

SEGUNDA-FEIRA, 19 HORAS
EM CASA

Eu fiquei TÃO aliviada quando o dia de aula finalmente TERMINOU!

Parecia que ia durar PARA SEMPRE!

Eu realmente não posso julgar a Chloe, a Zoey e o Brandon por estarem contentes com o programa de intercâmbio estudantil.

Ei, eu também estaria animada se fosse para o South Ridge.

A última coisa que eu quero é que meus amigos ~~saibam~~ pensem que estou DANDO UMA DE VÍTIMA só porque estou presa na Colinas de North Hampton com a MacKenzie.

De qualquer modo, quando finalmente cheguei em casa depois das aulas, a pirralha da minha irmã, a Brianna, estava na cozinha fazendo um trabalho para a reunião das escoteiras.

Parece que ela está tentando ganhar uma medalha de cozinheira há, tipo, UMA ETERNIDADE. Mas, infelizmente, tudo o que ela faz fica HORROROSO!...

BRIANNA, FAZENDO UMA BAITA MELECA!

Por fim, a curiosidade me venceu.

"Oi, Brianna! O que você está preparando dessa vez?", perguntei.

"FINALMENTE aperfeiçoei minha receita de mousse de chocolate!", a Brianna exclamou, animada. "Agora só preciso levar ao forno por uma hora."

"Olha, acho que não precisa ASSAR a mousse. É só deixar na GELADEIRA por uma hora", sugeri.

"EU sou a chef, e a receita é MINHA! Estou dizendo que precisa ir ao FORNO por uma hora! Então PRONTO!", ela disse e mostrou a língua para mim.

Eu apenas revirei os olhos para a garota.

Mas o que é que eu esperava de uma mimadinha que pensa que é chef e usa meleca de nariz para enfeitar os cupcakes quando acaba o granulado?

Bom, uns quarenta minutos depois, eu senti um fedor. Parecia cheiro de lixo. Em chamas!

Corri para a cozinha para dar uma olhada na Brianna.

"Nikki, olha só a minha obra de arte!" Ela sorriu ao segurar a travessa para que eu visse...

"Não parece DELICIOSO?!!"

A "obra de arte" da Brianna parecia uma poça de asfalto com macarrão e vários olhos grudados!

Eu fiquei com vontade de vomitar! ECAAAA ☹!!

"Fiz essa sobremesa especialmente para a reunião das escoteiras hoje. E, se as meninas gostarem, finalmente vou ganhar minha medalha de cozinheira!", ela explicou.

"Bom, todo mundo adora, hum... mousse de chocolate QUEIMADA, certo?! D-DELÍCIA!", gaguejei. "E está cheirando. Bem forte. Então, boa sorte com a sua medalha."

"Obrigada! Também acrescentei uns ovos para dar uma textura crocante", disse ela. "Aprendi isso no programa de TV A escolha do chef!"

"Você tinha de QUEBRAR os ovos primeiro, NÃO jogá-los inteiros", falei.

"Mas as cascas dos ovos são a parte deliciosa e crocante! Quer experimentar um pouco da mousse? Você vai ADORAR!"...

BRIANNA, TENTANDO ENFIAR
A MOUSSE NA MINHA GOELA!

AI, MEU DEUS! Fiquei com vontade de vomitar de novo ☹!!

A menos que as habilidades culinárias da Brianna melhorem drasticamente, TEMO pela saúde alimentar de seus futuro marido e filhos...

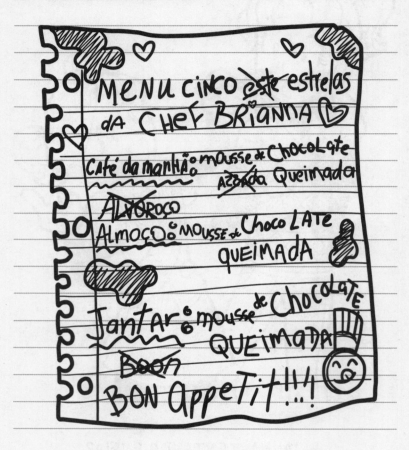

MENU DA BRIANNA PARA A FAMÍLIA

AI, MEU DEUS! COMO eles iam SOBREVIVER com uma dieta de mousse de chocolate QUEIMADA?!!

Mas eu senti ainda mais PENA daquelas pobres meninas que comeriam a sobremesa da Brianna mais tarde.

Desesperados, os pais teriam que correr com suas filhas para o pronto-socorro assim que a reunião das escoteiras terminasse.

POR QUÊ?

Porque o grupo todo teria que fazer LAVAGEM ESTOMACAL por causa da mousse NOJENTA da Brianna!

A boa notícia é que talvez ela possa ganhar uma medalha de lavagem estomacal.

De qualquer modo, quando a Brianna chegou em casa depois da reunião das escoteiras, ela estava visivelmente chateada.

"Como foram as coisas?", perguntei.

"HORROROSAS! Todo mundo DETESTOU minha mousse de chocolate!", ela resmungou.

"Bem, a travessa está vazia. Então, ainda que as meninas tenham reclamado um pouco, elas gostaram, porque comeram TUDO!"

"Não, elas NÃO COMERAM! Depois que a líder do nosso grupo ligou para o órgão de Controle de Substâncias Venenosas, fomos orientadas a abrir um buraco bem fundo na mata e enterrar as sobras", a Brianna falou alto.

"Enterrar na mata?! Mas por quê?!", perguntei.

"Para que nenhum animal ou ser humano COMESSE a mousse sem querer. No fim da reunião, todas recebemos nossa medalha de segurança com substâncias tóxicas."

"Bom, pelo menos você e seu grupo ganharam uma medalha nova. Isso é uma coisa BOA, não é?"

"NÃO! Eu me senti completamente HUMILHADA!", a Brianna resmungou.

Eu não queria magoar a Brianna, mas era verdade. Aquela mousse serviria melhor para tampar buracos na rua do que para consumo humano.

"Eu NUNCA vou ganhar uma medalha de cozinheira!",
ela suspirou. "Sou a PIOR cozinheira de TODOS OS
TEMPOS!!"

A Brianna ERA a pior cozinheira de todos os
tempos!

Mas também era minha irmãzinha, e eu não queria
ver seu sonho de ganhar uma medalha sendo destruído.

Eu senti muita pena da Brianna.

Parece que ontem mesmo eu tinha seis anos e estava
totalmente obcecada por assar pequenos cupcakes
queimados no meu Forninho Fácil.

Decidi conversar com meus pais sobre isso tudo.

Mas primeiro dei um ABRAÇO de urso na Brianna!

Em seguida, preparei uma tigela enorme da sua
sobremesa favorita — sorvete com ketchup e granola
— para animá-la.

BRIANNA COME SUA SOBREMESA PREFERIDA: SORVETE COM KETCHUP E GRANOLA

Deu TOTALMENTE certo ☺!!

Em poucos minutos, ela estava sorrindo de orelha a orelha ☺!

Mas observá-la DEVORANDO aquela gororoba foi bem NOJENTO! Eu fiquei enjoada pela TERCEIRA vez naquela noite.

ECAAAA!! ☹!!

TERÇA-FEIRA, 6 DE MAIO — MEIO-DIA
NA BIBLIOTECA

AINDA estou totalmente estressada por causa da Semana de Intercâmbio Estudantil.

Eu estava com medo de ir à Colinas de North Hampton, porque significava ter que lidar com a MacKenzie e todo o seu drama maluco de garota má.

Mas, se eu NÃO participasse, seria forçada a compensar com o curso de verão os créditos perdidos.

Eu estava SEM ESPERANÇA ☹!

Ainda bem que a Chloe, a Zoey e eu tínhamos educação física no quarto período. Finalmente decidi conversar com elas sobre meu problema.

Como o clima estava agradável, nossa turma foi fazer exercícios no campo de futebol. Nós três nos intercalamos jogando a bola ao redor de um conjunto de cones enquanto falávamos sobre minha crise mais recente...

EU E MINHAS MELHORES AMIGAS, FAZENDO PASSES DE FUTEBOL E DISCUTINDO A MAIS NOVA CRISE DA MINHA VIDA

"Olha, Nikki, se você não quer ir para o colégio da MacKenzie, talvez devesse explicar o motivo ao diretor Winston", a Zoey sugeriu. "Tenho certeza que ele vai entender."

"Concordo totalmente", disse a Chloe. "Se as pessoas soubessem ao menos metade das coisas TERRÍVEIS que aquela garota fez, nenhum colégio a aceitaria como aluna. Caramba, os PRÓPRIOS pais se RECUSARIAM a dar aulas para ela em casa!"

"Não sei, pessoal", suspirei. "A MacKenzie roubou meu diário e ficou com ele por doze dias! Lembram disso? Tinha muita coisa SUPERpessoal ali, que eu não queria que NINGUÉM soubesse, principalmente o diretor Winston."

"Acho que está na hora de você se defender, Nikki!", a Chloe argumentou. "Não pode deixar a MacKenzie continuar se safando das coisas que ela tem feito!"

Depois de me torturar por causa da minha situação pelo que pareceu, tipo, uma eternidade, finalmente tomei uma decisão. Eu sabia exatamente o que precisava fazer...

43

"Obrigada, meninas! Vocês são as melhores amigas de TODOS OS TEMPOS! Sei que preciso fazer isso. Mas só de pensar em lidar com a MacKenzie e todo aquele drama, fico com o estômago EMBRULHADO!", resmunguei.

"Ainda que a MacKenzie fique brava com você, o que ela pode fazer?! ESPALHAR algumas das coisas que ela leu no seu diário? Grande coisa! Na pior das hipóteses, pode ser que você leve uma advertência", a Chloe disse.

Espere aí!! Uma ADVERTÊNCIA?!

"É, não vai ser o fim do mundo", a Zoey concordou. "Você vai superar!"

Desculpa, mas VAI SER sim o fim do MEU mundo!! Quando meus pais me MATAREM ☹! Eu NÃO podia acreditar que as minhas melhores amigas fossem tão insensíveis.

"Então... vocês se deram conta de que eu não escrevi só sobre as coisas MALUCAS que eu fazia? TAMBÉM escrevi sobre todas as coisas MALUCAS que NÓS fazíamos." Eu fiz com que elas se lembrassem...

Brincando com o carrinho da biblioteca...

Passando trote do telefone do colégio...

Entrando no vestiário dos meninos...

Fingindo fazer parte da equipe de futebol...

Vagando pelos corredores com uma lata de lixo em vez de uma autorização do colégio...

Contrabandeando oito cachorros pelo colégio...

E o fato de ficarmos ESCONDIDAS no DEPÓSITO DO ZELADOR por, tipo, uma ETERNIDADE...

"E nem foi só isso que fizemos", resmunguei. "Esqueçam advertência. Provavelmente nós vamos pegar uma semana de SUSPENSÃO!"

De repente, a Chloe e a Zoey ficaram muito quietas.

As duas ficaram me olhando, sem acreditar.

"Você acabou de d—dizer 'NÓS'?!", a Zoey perguntou.

"Hum, pensando bem, entregar a MacKenzie pode NÃO ser o melhor modo de lidar com as coisas", a Chloe murmurou. "Eu comentei que sou ALÉRGICA a suspensões?"

Certo, agora eu estava começando a ficar meio incomodada.

Eu sei que a Chloe e a Zoey são minhas melhores amigas. Mas parecia que elas achavam que dedurar a MacKenzie era uma boa ideia até se darem conta de que poderiam ter PROBLEMAS também.

"Então AGORA vocês duas acham que conversar com o diretor Winston pode NÃO ser uma ideia muito boa?

Então o que eu devo fazer em relação à Semana de Intercâmbio Estudantil?"

"Bom, Nikki, você sempre pode tentar ver o lado bom das coisas", disse a Zoey.

"NÃO tem lado bom!", respondi.

"Claro que tem!", a Zoey sorriu. "Você finalmente vai saber como é estudar em Hogwarts, mas sem as aulas de MAGIA!"

"Sim, e o uniforme de lá é estiloso, chique e SUPERfofo!!!", a Chloe riu.

Eu apenas revirei os olhos. A Chloe e a Zoey não ajudavam EM ABSOLUTAMENTE NADA!!

Se eu tiver sorte de verdade, pode ser que encontre NOVAS MELHORES AMIGAS na Colinas de North Hampton!

☹!!

TERÇA-FEIRA, 16H15
NO MEU ARMÁRIO

AI, MEU DEUS! AI, MEU DEUS! AI, MEU DEUS!

NÃO CONSIGO acreditar no que aconteceu comigo hoje na aula de francês (que, POR ACASO, foi no sétimo período, por causa dos testes padronizados)!!

Estou SURTANDO tanto no momento que mal consigo escrever!

Meu coração está BATENDO FORTE e parece que minha cabeça está prestes a EXPLODIR!

PRECISO. ME. ACALMAR!!

Tudo começou quando meu professor de francês, monsieur Dupont, devolveu meu trabalho sobre o Louvre, o museu de arte mais famoso do mundo, localizado em Paris.

Eram sete páginas digitadas, com diversas ilustrações detalhadas que eu mesma tinha feito. Quase DESMAIEI quando vi minha nota...

EU, CHOCADA E SURPRESA POR TER TIRADO 10 NO TRABALHO!

Pois é!

Mas, quando o professor me pediu para ficar depois da aula porque queria falar comigo a respeito do trabalho, começei a entrar em pânico.

E se ele pensar que eu plagiei o texto ou alguma coisa assim ☹?!

Eu entendia por que ele podia estar um pouco desconfiado.

Com certeza NÃO sou a melhor aluna da disciplina, e tenho que me esforçar muito para tirar um simples 8.

Mas eu GOSTEI de escrever esse trabalho!

Eu estava SUPERinspirada e motivada porque o assunto era arte, e eu AMO arte!

De qualquer modo, depois da aula, fui conversar com o professor.

Fiquei muito nervosa e senti o estômago revirar.

Mas principalmente eu estava rezando para NÃO VOMITAR na mesa dele! ...

EU, CONVERSANDO COM MEU PROFESSOR SOBRE O TRABALHO?!

Ainda bem que AQUILO não aconteceu!

Em vez disso, fiquei ali segurando o trabalho enquanto meu professor dizia que estava impressionado com o meu capricho. E aí as coisas ficaram meio esquisitas.

"Nikki, eu acho que você seria PERFEITA para um programa de francês durante o verão. Você é uma artista talentosa, e o foco do programa é história da arte e cultura francesa. Tem interesse em participar?"

"Bom, dura o verão TODO?", perguntei, meio hesitante. Eu NÃO queria frequentar um curso de verão.

"Acho que dura mais ou menos dez dias, em agosto. Um grupo de alunos de escolas da região viajará a Paris para visitar o Louvre e outros monumentos históricos!"

Foi quando eu quase desmaiei.

DE NOVO!!

"AI, MEU DEUS! O senhor disse VIAGEM A PARIS PARA VISITAR O LOUVRE?!", gritei, animada. "SIM! EU ADORARIA IR PARA PARIS!"

"Ótimo! A única pequena complicação é que a viagem, com todas as despesas pagas, está sendo patrocinada pelo departamento de línguas estrangeiras da Academia Internacional Colinas de North Hampton. Então preciso entrar em contato com eles para pegar todos os detalhes. Mas eu ficaria muito feliz em recomendá-la para o programa."

Adivinha só! Eu quase desmaiei pela TERCEIRA vez quando ele mencionou a Colinas de North Hampton!

"Na verdade, monsieur Dupont, eu vou para a Colinas de North Hampton na semana que vem, para participar da Semana de Intercâmbio Estudantil!"

"PERFEITO! Então entrarei em contato com o departamento de línguas estrangeiras e combinarei tudo para que você converse com eles durante a sua visita. Também vou enviar uma cópia do seu trabalho. Tenho certeza de que ficarão tão impressionados quanto eu."

"MUITO obrigada por pensar em mim!", falei. "É uma oportunidade maravilhosa!"

Então saí calmamente da sala e fiz minha dancinha feliz do Snoopy no caminho até meu armário...

EU, FAZENDO A DANCINHA FELIZ DO SNOOPY

^^^^^^^^^^
EEEEEEEEEE ☺!!

Eu não consigo acreditar que posso ir mesmo para PARIS, FRANÇA!!...

... COMO ESTUDANTE DE INTERCÂMBIO INTERNACIONAL!

Então, agora preciso muito impressionar o departamento de línguas estrangeiras da Colinas de North Hampton. Eles precisam saber que sou esperta, disciplinada, dedicada e uma aluna exemplar.

Tudo bem. Talvez eu NÃO seja todas essas coisas!

Mas ESTOU interessada em saber mais sobre história da arte e cultura francesa. E sou legal, simpática e TODO MUNDO gosta de mim.

Tudo bem. Talvez nem TODO MUNDO. E, com "nem todo mundo", eu me refiro a pessoas como...

MACKENZIE HOLLISTER ☹!!

De qualquer modo, mal posso esperar para contar a ótima notícia para a Chloe e a Zoey! Elas vão SURTAR!!

Eu pensei que minha semana na Colinas de North Hampton seria MALDITA, HORROROSA E PÉSSIMA! Mas eu estava MUITO enganada!

Vai ser FANTÁSTICA!

☺!!

QUARTA-FEIRA, 7 DE MAIO — 17H30
EM CASA

A Chloe e a Zoey ficaram SUPERfelizes por mim quando contei a novidade inacreditável sobre o monsieur Dupont e a possível viagem a Paris. Ontem conversamos por telefone e então trocamos mensagens de texto até quase meia-noite.

E hoje eu recebi notícias ainda MELHORES durante o almoço!

Foi um e-mail de confirmação de entrega notificando que meu UNIFORME da Colinas de North Hampton tinha acabado de ser deixado em casa.

^^^^^^^^
EEEEEEEEE ☺!!

Eu só vou usar o uniforme por uma semana e devolvê-lo à escola depois. Mas MESMO ASSIM ☺! A Chloe, a Zoey e eu ficamos muito animadas.

"Vou enviar fotos para vocês assim que eu experimentar o uniforme!", falei a elas enquanto almoçávamos.

Mas elas insistiram em ir à minha casa depois da aula, e eu concordei.

Assim que a Chloe e a Zoey viram a caixa, começaram a SURTAR...

Elas estavam agindo como se eu estivesse abrindo um presente de aniversário ou alguma coisa assim.

"Calminha, meninas!", eu ri. "RELAXEM! É só um uniforme."

Mas AI, MEU DEUS! Meu novo uniforme era...

Tenho de admitir: na primeira vez em que vi a MacKenzie com o uniforme, eu fiquei SUPERimpressionada.

Ela parecia MUITO descolada e madura.

E nem parecia aquela RAINHA DO DRAMA fútil, viciada em gloss labial que ela é de verdade.

A MacKenzie vai ficar muito chocada e surpresa ao ME ver em SEU colégio na segunda-feira.

Mas pretendo ignorá-la e ficar focada.

Meu maior objetivo é conseguir aquela viagem para Paris!

E absolutamente NADA — nem mesmo MacKenzie Hollister — vai me atrapalhar!

Vesti MEU uniforme e parei na frente do espelho com um sorriso enorme no rosto.

Achei que ficou bem charmoso em mim. E as minhas MELHORES AMIGAS concordaram totalmente!...

A CHLOE E A ZOEY ADMIRANDO
MEU UNIFORME ESTILOSO DA CNH

Então eu tive uma SURPRESA inesperada!

Minhas amigas disseram que estavam muito orgulhosas de mim e me deram uma sacola pink brilhante com a Torre Eiffel estampada.

Dentro dela, havia uma caixa de chocolates Godiva, um livro de frases em francês, tais como "Onde fica o banheiro?", e a mais nova edição da revista *Dica quente!*

"Nikki, essa revista tem dicas ótimas sobre como ser uma aluna de intercâmbio internacional! Vai ajudar você a se preparar para sua viagem!", a Chloe explicou.

Agradeci as minhas amigas pelos presentes e por sempre estarem ao meu lado. Então dei um abraço de urso nas duas.

Já estou começando a sentir saudade delas, e ainda nem fui para a Colinas de North Hampton.

A Chloe e a Zoey são as MELHORES. AMIGAS. DE TODOS OS TEMPOS!! ☺!

QUINTA-FEIRA, 8 DE MAIO — 20H30
EM CASA

Eu ODEIO tirar fotos para a escola! Mas amanhã é dia de tirar fotos de todos que vão participar da Semana de Intercâmbio Estudantil.

Temos que ir à biblioteca do WCD no primeiro período para tirar uma fotografia para nossa identificação de aluno, que é exigida no programa.

Na aula de geometria, minha professora estava no quadro resolvendo um problema com o teorema de Pitágoras.

Mas eu estava na minha carteira tentando entender um problema muito mais complexo. O QUE eu vestiria para a minha foto?

Peguei minha nova revista *Dica quente!* e a coloquei em cima do livro de matemática. Eu estava folheando a seção de moda à procura de ideias quando vi um anúncio...

Ei, eu não sou IDIOTA!

Todo mundo sabe que fotos de "antes" e "depois" em anúncios assim são, tipo, totalmente FALSAS.

O que significa que o creme facial Perfeito 10 provavelmente é FALSO.

Mas no anúncio também estava escrito: "Usado pelas celebridades teens que querem uma pele linda e radiante!"

E, se é bom para ELAS, então é bom para MIM!

Fiquei impressionada ao descobrir que o Perfeito 10, além de puro e orgânico, é feito com ingredientes sofisticados, como mel, iogurte grego integral, extrato de mirtilo, óleo de semente de uva, figos, algas marinhas, poeira lunar e água mineral.

AI, MEU DEUS! Estou LOUCA de vontade de usar!

Apesar de me sentir bem com a minha fofura nada popular, eu adoraria ser confundida com uma celebridade teen glamorosa pelos alunos da Colinas de North Hampton ☺.

O único problema é que o Perfeito 10 custa $79!

AFFF ☹!!

Sinto muito, mas eu <u>NÃO</u> ia permitir que o dinheiro fosse empecilho na busca do meu sonho!

Decidi criar meu <u>PRÓPRIO</u> creme Perfeito 10! Mas a minha imitação barata será feita com os ingredientes que minha mãe tem na cozinha. E, em vez de custar 79 dólares, vai sair praticamente DE GRAÇA ☺!

Vai saber. Pode ser que minha ideia criativa e inteligente me faça ficar BILIONÁRIA!...

O CREME FACIAL CASEIRO DA GAROTA NADA POPULAR PARA UMA FANTÁSTICA PELE RADIANTE

DO QUE VOCÊ <u>NÃO</u> VAI PRECISAR:

Você está basicamente FALIDA, com um saldo atual de $3,58 secretamente escondidos na gaveta de meias?

Sua mãe se RECUSA totalmente a lhe dar 79 dólares para comprar o Perfeito 10 porque ela diz que prefere usar o dinheiro para comprar COMIDA, já que sua família não pode COMER creme facial no jantar?

Se você respondeu SIM a uma dessas perguntas, eis uma lista das coisas de que NÃO VAI precisar.

Já risquei TUDO da lista para você!

De NADA ☺!!

~~Mel, iogurte grego integral, extrato de mirtilo, óleo de semente de uva, figos, algas marinhas, poeira lunar e água mineral~~

DO QUE VOCÊ VAI PRECISAR:

Para manter tudo muito simples e economizar, você vai usar ingredientes que JÁ tem na cozinha.

INGREDIENTES NECESSÁRIOS PARA O CREME FACIAL CASEIRO DA GAROTA NADA POPULAR

Em vez de usar mel, use calda para panqueca.

Em vez de usar iogurte grego integral e extrato de mirtilo, use iogurte de mirtilo da Princesa de Pirlimpimpim.

Em vez de usar óleo de semente de uva, use suco de uva.

Em vez de usar figos, use aqueles biscoitinhos com recheio de figo.

Em vez de algas marinhas, use espinafre em lata.

Em vez de usar poeira lunar, use um pacote de mistura para chocolate quente.

Em vez de água mineral, use água da torneira com seis cubos de gelo.

DEZ PASSOS DE BELEZA DA GAROTA NADA POPULAR

PASSO 1: Vá para a cozinha quando seus pais forem dormir. Assim, eles não vão ficar de olho no que você estiver fazendo e perguntando coisas BOBAS, como: "Você vai PAGAR por toda a comida que está desperdiçando?"

PASSO 2: Despeje três potes de iogurte de mirtilo em uma tigela e volte as embalagens vazias para a geladeira, assim ninguém vai desconfiar que VOCÊ os ~~roubou~~ usou <sorriso maligno>.

PASSO 3: Adicione um copo de suco de uva e meio copo de calda para panqueca.

PASSO 4: Coma as bordas de seis biscoitinhos com recheio de figo e acrescente os recheios à mistura da tigela.

PASSO 5: Acrescente uma colher de chá de mistura para chocolate quente e uma colher de sopa de espinafre em lata.

PASSO 6: Misture bem por três minutos e deixe descansar por dez. Tome cuidado porque pode atrair moscas. Se isso acontecer, espante todas elas.

PASSO 7: Relaxe e tome um copo de água gelada, porque você provavelmente está suando e com muita sede nesse momento!

PASSO 8: Espalhe o creme facial caseiro no rosto e deixe secar. Se houver alguma mosca morta grudada em sua pele, tire-a imediatamente por motivos de higiene.

PASSO 9: Coloque o que sobrar em um potinho fácil de tampar e guarde na geladeira, para poder fazer outras seis máscaras faciais. Ou despeje o conteúdo no liquidificador e misture tudo na potência alta por trinta segundos, para preparar uma deliciosa vitamina Muito Mirtilo.

PASSO 10: Vá para a cama desfrutar de seu sono de beleza. Quando acordar pela manhã, retire a máscara facial com água morna e um lenço macio.

Você vai ficar CHOCADA com seu reflexo LINDO e RADIANTE no espelho!

Parece que meu creme facial caseiro milagroso está funcionando, porque minha pele está pinicando.

Eu JÁ estou e me sinto mais linda ☺!!...

MEU CREME FACIAL CASEIRO!

Mal posso esperar para ver o resultado!

^^^^^^^^
EEEEEEEE ☺!!

Agora está na hora do MEU sono de beleza.

Quando o Brandon me encontrar amanhã, espero que se sinta tão atraído pela minha BELEZA mágica, mística e milagrosa a ponto de confessar AMOR eterno por mim.

Ou pelo menos note que minhas espinhas sumiram!

☺!!

SEXTA-FEIRA, 9 DE MAIO — MEIO-DIA
NO MEU ARMÁRIO

Assim que meu despertador tocou hoje cedo, eu pulei da cama, feliz e animada! Mal podia esperar para ver minha pele linda e radiante.

Eu tinha certeza de que estava com cara de modelo da revista *Teen Vogue*.

Corri para o banheiro, lavei o rosto com água morna e olhei no espelho.

Foi quando ouvi uma voz familiar gritando de medo!

Infelizmente, a voz era MINHA.

Eu estava gritando porque meu rosto estava...

AZUL-NEON!!

AI, MEU DEUS! Eu estava parecendo a FILHA humanoide, há muito perdida e muito sem graça do PAPAI SMURF...

EU, GRITANDO NA FRENTE DO ESPELHO!!

Eu queria uma pele RADIANTE!

Não uma pele QUE BRILHA NO ESCURO!

Eu estava totalmente chocada e fiquei simplesmente gritando

"AI, MEU DEUS! AI, MEU DEUS! AI, MEU DEUS! ESTOU AZUL! ESTOU AZUL!"

Acho que foi por causa de todas aquelas cores artificiais do iogurte Muito Mirtilo da Brianna e do suco de uva.

Tentei esfregar o rosto com sabonete, mas a cor azul NÃO saía!

Minha primeira ideia foi desistir e ficar em casa.

Eu poderia passar o dia inteiro sentada na cama, encarando a parede e ME LAMENTANDO ☹!

O que, por algum motivo, sempre me faz sentir melhor ☺!

Mas isso não era uma opção. Eu precisava tirar a foto para a identificação de aluno ou não poderia passar a semana na Colinas de North Hampton.

Minha chance de ir para Paris seria ARRUINADA ☹!!

Procurei dentro do armário no corredor até encontrar a MÁSCARA DE ESQUI estranha que meu pai usava durante as nevascas.

Não tive escolha a não ser usá-la para esconder meu rosto azul no colégio ☹!

Eu me vesti rapidamente, entrei na cozinha, tomando o cuidado de evitar os demais membros da família, e peguei uma barrinha de cereal.

AI, MEU DEUS! Se a Brianna me visse com aquela máscara de esqui, minha vida estaria em RISCO imediato!

Ela olharia para mim, gritaria

"LADRÃO!"

e violentamente me atacaria com uma frigideira.

E, até meus hematomas sararem, eu ficaria preta e azul.

E... hum... TOTALMENTE MELANCÓLICA!

Não seria MUITO bizarro?!

Bom, quando cheguei ao colégio, todos os alunos no corredor pararam para me olhar.

Com a minha roupa chique e a máscara de esqui do meu pai, eu mais parecia uma candidata a ladra sem noção de estilo. Finalmente passei por todo mundo que me olhava e fui até o depósito do zelador, de onde enviei uma mensagem de texto para a Chloe e a Zoey...

> NIKKI: SOCORRO!! EMERGÊNCIA!! ESTOU
> NO DEPÓSITO DO ZELADOR!

Em pouco tempo, a Chloe e a Zoey entraram correndo. Elas me olharam e ficaram PARALISADAS e boquiabertas.

Foi quando a Chloe segurou um esfregão e o ergueu em minha direção de modo ameaçador. "QUEM É VOCÊ? E

O QUE VOCÊ FEZ COM A NOSSA AMIGA NIKKI?",
ela perguntou.

"ESCUTA AQUI! Estou com uma arma perigosa! E NÃO
tenho medo de usá-la!", disse a Zoey, vasculhando a
bolsa. "Calma! Está aqui dentro, em algum lugar!"

Por fim, ela pegou o celular e o apontou bem na minha
direção, como se estivesse carregado ou alguma coisa
assim.

"NÃO SE MEXA! Ou... eu vou... hum... ATIRAR!!",
ela gritou.

Eu apenas revirei os olhos para as minhas amigas.

Parecia que a Chloe ia me ESFREGAR até a morte,
enquanto a Zoey registraria tudo com o celular.

E DEPOIS, o que elas fariam?!

Postariam no YouTube?!

"Vocês duas! ACALMEM-SE!", falei. "Sou EU, GENTE!"

"Desculpa, mas não conhecemos ninguém chamado EUGENTE!", disse a Chloe, estreitando os olhos para mim. "CADÊ a Nikki?"

Tá bom, aquilo já era demais. Peguei o esfregão da Chloe e resisti à vontade de acertar a cabeça dela com ele.

"SOU EU! NIKKI MAXWELL!",
gritei.

A Chloe e a Zoey pareceram aliviadas. "NIKKI!"

Então a Zoey me encarou, confusa. "Se você não se importar em responder, POR QUE está usando uma máscara de esqui?"

Hesitei, tentando pensar numa explicação lógica.

Mas não havia lógica nenhuma em dizer: "Eu me transformei em um mirtilo mutante porque queria ficar BONITA".

Então, decidi me ater aos fatos...

84

"O QUÊ?!!", a Zoey e a Chloe exclamaram. Foi quando perdi totalmente o controle.

"Estou AZUL!", gritei. "Vocês têm que me ajudar! Eu estou AZUL!"

Mas as minhas melhores amigas devem ter pensado que eu as chamei ao depósito do zelador para me fazer de COITADA ou alguma coisa assim, porque eu estava... humm.... AZUL DE FOME!

"Tadinha!", disse a Chloe. "Não se preocupe! Vamos animar você e te dar algo para comer!"

"A Nikki está com fominha!", a Zoey falou com uma voz de bebê bem irritante. "Acho que ela precisa de um abraço de urso!"

As duas me agarraram e me deram um abraço.

"Agora a Nikki se sente melhor?", perguntou a Zoey. "Puquê amamos voxê! Muito!"

"Vocês NÃO entenderam!", falei, arrancando a máscara de esqui da cabeça. "Estão VENDO?"

A Chloe e a Zoey ficaram me encarando, chocadas, pelo que pareceu, tipo, uma eternidade. Em seguida, elas gritaram...

"Seu rosto!", a Zoey arfou. "Está... tipo... azul-cobalto! Meio..."

"Não, está MUITO pior", a Chloe fez uma careta. "Está mais para o tom de, tipo, desinfetante de privada! Ou talvez..."

"AZUL-SMURF!!", a Chloe e a Zoey disseram, animadas.

"Quem se IMPORTA com o tom de azul? Não posso tirar minha foto de identificação assim!", murmurei, corando de vergonha.

O que significava que, naquele momento, meu rosto estava mais para um tom de roxo.

Tipo... cor de suco de uva!

Continuei: "Não consigo tirar essa cor! E agora vou ter que usar essa máscara de esqui pelo resto da vida! Vocês têm noção de como vai ser HUMILHANTE usar uma máscara de esqui no meu CASAMENTO?", resmunguei. "FAZEM ALGUMA IDEIA?!"

"Nikki, calma!", a Chloe disse.

"Preciso tirar a foto para a minha carteirinha de aluno da Colinas de North Hampton AGORA! Mas estou azul da cor de desinfetante de privada e pareço uma ALIENÍGENA! E, se usar essa máscara de esqui ridícula, vou parecer uma LADRA. Como vou fazer para ir para Paris DESSE jeito? ME DIGAM COMO!", gritei.

"Calma, garota!", a Zoey me chacoalhou pelos ombros para me fazer recuperar a razão. "Explique como foi que isso aconteceu."

"Iogurte", falei, piscando para afastar as lágrimas.

"Espera um pouco! Você disse 'IOGURTE'?!", a Chloe perguntou.

"Sim!", funguei. "Tentei fazer uma máscara facial caseira usando o iogurte de mirtilo da Princesa de Pirlimpimpim e outras coisas. Eu só queria uma pele linda e radiante. Mas agora virei um... MONSTRO azul!"

"Um monstro—azul—cor—de—desinfetante—de—privada!", a Zoey riu. "Mas o bom é que é só corante alimentício, o mesmo ingrediente usado em muitas maquiagens.

Felizmente, tenho na bolsa um pacote de lenços umedecidos para remover maquiagem. Então, sente e observe a minha mágica! Chloe, me ajude, por favor..."

A CHLOE E A ZOEY LIMPAM MEU ROSTO!!

Dez minutos depois, meu rosto tinha voltado ao normal. Quase! Devido ao creme facial caseiro, minha pele estava clara e sedosa, com um brilho radiante!

A Chloe e a Zoey ficaram TÃO impressionadas que imploraram para testar um pouco do meu creme facial também.

Então nós corremos para a biblioteca e chegamos a tempo de tirar nossa foto para a identificação de aluno. Eu acho que a minha ficou SUPERfofa!...

Talvez meu creme facial caseiro me torne BILIONÁRIA, no fim das contas.

☺!!

SEXTA-FEIRA, 12H25
NO REFEITÓRIO

A Chloe e a Zoey são as melhores amigas DO MUNDO!

Graças a elas, além de eu ter ficado com cara de modelo de capa de revista, ainda recebi, até a hora do almoço, meia dúzia de elogios sobre meu gloss labial, minha sombra e meu blush.

E eu nem estava usando nada disso!

Enquanto a Chloe e a Zoey se deliciavam com a montanha de mousse de chocolate que foi a sobremesa do almoço, de repente me ocorreu uma lembrança muito ruim e nauseante.

"ECAAAA! NUNCA, JAMAIS vou comer isso de novo!!", resmunguei, com muito nojo.

"Sério, Nikki? Você se importa se eu fizer uma pergunta?", a Chloe disse.

"Quer saber POR QUE de repente passei a ODIAR mousse de chocolate, né?", perguntei. "Bom, é uma história meio longa. A Brianna está tentando ganhar uma medalha de cozinheira. E, no começo da semana, ela fez uma mousse HORROROSA, que parecia lama e..."

Foi quando a Chloe me interrompeu. "Na verdade, Nikki, eu ia perguntar se podia COMER a sua mousse", ela falou, enfiando a colher com vontade e devorando toda a minha sobremesa antes mesmo de eu conseguir responder.

"BUUUURRP! Opa! Desculpa!", a Chloe riu.

Eu já falei que a Chloe tem os modos de um porquinho à mesa?

A Zoey cruzou os braços. "Agora estou MUITO curiosa. Você parou no meio e estou DOIDA para ouvir o restante."

"Tá bom... se você insiste." A Chloe sorriu ao inspirar bem fundo...

"Chloe, não é ISSO!", disse a Zoey, revirando os olhos. "Quero saber o que aconteceu com a medalha de cozinheira da Brianna. Ela ganhou?"

"Não! A mousse de chocolate queimada dela ficou um DESASTRE! E o pior é que ela quer tentar fazer OUTRA sobremesa para a PRÓXIMA reunião", reclamei.

Foi quando a Chloe e a Zoey se ofereceram para ir à minha casa no dia seguinte ensinar a Brianna a fazer a especialidade delas…

PIZZA DE PEPPERONI FEITA À MÃO!

Tenho que admitir: as pizzas da Chloe e da Zoey são uma DELÍCIA!!

Apesar de estar com pena da Brianna, eu fiquei mais preocupada com a possibilidade de um SEGUNDO desastre culinário!

"Meninas, valeu por tentarem ajudar a minha irmã, mas ela mal consegue preparar uma tigela de cereal. Pizza vai ser BEM difícil para ela!", resmunguei.

"Não se preocupe, Nikki", a Zoey disse. "A Chloe e eu vamos basicamente FAZER a pizza por ela!"

"Isso mesmo!", a Chloe concordou. "Nós três vamos ficar supervisionando a Brianna. O que pode dar errado?!"

TUDO!!

☹!!

SÁBADO, 10 DE MAIO — 17H30
EM CASA

Apesar de minhas amigas terem me garantido que ia dar tudo certo, eu ainda tinha uma sensação ruim quando pensava na Brianna pizzaiola.

A Chloe e a Zoey chegaram à tarde com os ingredientes para fazer três pizzas de pepperoni: uma para a família da Chloe, uma para a família da Zoey e outra para a Brianna.

O trabalho da Zoey era fazer a massa, o meu era espalhar o molho de tomate e o da Chloe era adicionar o pepperoni. O da Brianna era salpicar o queijo muçarela por cima. Tudo estava indo muito bem até a Brianna decidir que queria fazer a tarefa da Zoey.

"Ei! Eu quero jogar o disco de pizza para cima, como a Zoey faz!", ela gritou.

"Não, Brianna!", eu disse, olhando feio para ela.

Mas ela pegou a massa, toda animada. "Fiquem olhando isso! Eu vou jogar bem alto!"...

BRIANNA JOGA A MASSA DA PIZZA!!

"Brianna!", gritei. "O QUE você está fazendo? Devolva a massa para a Zoey agora mesmo, antes que..."

97

BRIANNA DERRUBA A MASSA DA PIZZA!

AI, MEU DEUS! Fiquei tão BRAVA!!

A Brianna mais parecia a irmã humanoide de um monstro gosmento.

Nossa tentativa de ajudá-la a fazer pizza tinha sido uma CATÁSTROFE!

"Quem apagou as LUZES?!", a Brianna riu.

Então começou a andar pela cozinha como um fantasma, gritando "BUUU! BUUU!", como se fosse Halloween ou algo parecido.

A Chloe e a Zoey caíram na risada com as MALUQUICES da pentelha da minha irmã.

Mas aquilo NÃO era piada!

A Brianna tinha DESTRUÍDO o prato que estava preparando para a reunião das escoteiras!

DE NOVO!!

A Chloe e a Zoey quiseram dar a pizza delas para a Brianna, mas eu não deixei.

As pizzas que elas fizeram seriam o jantar da família DELAS.

"Mas COMO eu vou ganhar a medalha de cozinheira sem PIZZA?!", a Brianna choramingou.

"Sinto muito, Brianna!", falei com seriedade. "Mas, se você não tivesse BRINCADO com a comida, NÃO estaria vestindo a massa de pizza agora! Tudo isso é culpa SUA!"

Assim, infelizmente, a Brianna não recebeu a medalha de cozinheira fazendo pizza.

Mas ela definitivamente poderia ter recebido uma medalha de...

☹!!

SEGUNDA-FEIRA, 12 DE MAIO — 7H50
NA SECRETARIA DA CNH

Eu quase não dormi na noite passada, e de manhã estava DESTRUÍDA! Eu me sentia uma pilha de nervos com um uniforme chique da Colinas de North Hampton.

Parei na frente do espelho, abri um sorriso falso e pratiquei como iria me apresentar aos alunos da CNH.

"Oi, eu sou a Nikki Maxwell, do Westchester Country Day!"

"Oi, eu sou a Nikki Maxwell e estou louca para passar a semana aqui na Colinas de North Hampton!"

"Oi, eu sou a Nikki Maxwell e no momento estou tão nervosa que preciso encontrar o banheiro mais próximo e VOMITAR! Volto já!"

Mas, quando pisei no campus, eu esqueci o nervosismo. De novo, fiquei totalmente pirada com a LINDEZA da Colinas de North Hampton!...

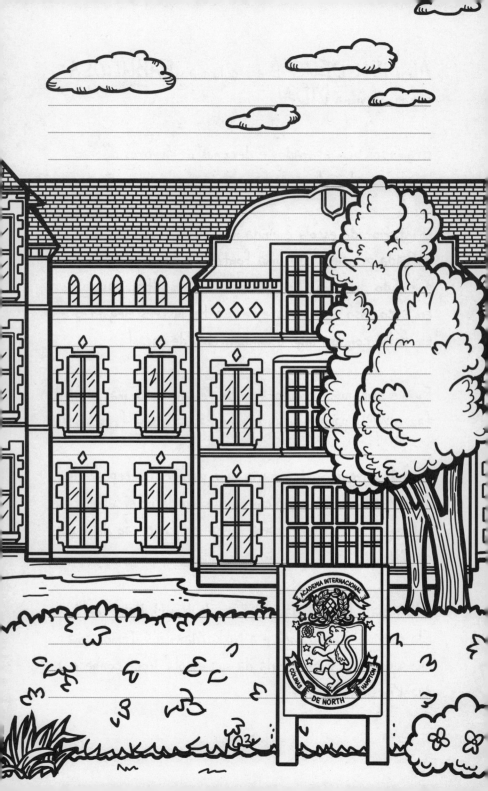

AI, MEU DEUS! É a escola mais FABULOSA que eu já vi na VIDA!

Gramados bem aparados e dezenas de árvores dão ao lugar uma atmosfera de paz, como se fosse um parque.

O interior da escola é ainda mais impressionante. Na entrada principal tem uma fonte enorme, ainda MAIOR que a do shopping. Tem também colunas altas, passagens em arco, piso de mármore reluzente, lustres elegantes e um pátio com um lago e um canteiro de rosas!

Eu me sinto uma traidora só de pensar nisso, mas a CNH faz o WCD parecer uma creche básica e sem frescuras!

Quando cheguei à secretaria (que parece a recepção de um hotel luxuoso), preenchi o registro de intercambista e entreguei para a secretária minha identificação de aluna da CNH.

"Bom dia e bem-vinda à Colinas de North Hampton!" Ela sorriu. "Então você é a Nikki Maxwell? Temos uma aluna que veio transferida da sua escola. Você conhece a MacKenzie Hollister?"

"Hum, conheço, sim", respondi. "O armário dela ficava ao lado do meu".

Ela olhou ao redor para ter certeza de que ninguém estava ouvindo, então se inclinou e sussurrou: "Na maioria, os alunos daqui são maravilhosos. Mas tem alguns que você deveria evitar. Eles são um pouco... esnobes".

"Obrigada! Mas não precisa se preocupar", garanti. "Eu conheço a MacKenzie há muito tempo e estou acostumada com os dramas dela. Vai dar tudo certo."

A secretária pareceu surpresa. "Na verdade, eu NÃO estava falando da MacKenzie. Ela é uma menina muito legal e educada! Além de simpática", ela disse e voltou a mexer no computador.

Fiquei olhando para a mulher como se ela fosse louca, porque OBVIAMENTE não estávamos falando da mesma pessoa. Quem usaria as palavras "LEGAL", "EDUCADA" e "SIMPÁTICA" para descrever MacKenzie Hollister, a CASCAVEL mais egoísta e manipuladora do mundo?!

Ficou bem claro que a secretária era mais uma das muitas vítimas da MacKenzie. A garota com certeza tinha entrado SORRATEIRAMENTE na secretaria e dado um jeito de fazer uma LAVAGEM CEREBRAL na pobre coitada.

"Por favor, sente-se, querida", a secretária disse. "Daqui a pouco um representante dos alunos vai levar você para conhecer a escola. Espero que a sua semana seja divertida!"

"Obrigada", respondi ao me afastar da mesa dela devagar e me sentar em uma poltrona grande e estofada.

Meu estômago revirado começou a fazer barulho de novo. De repente eu me senti bem enjoada, conforme uma onda de desespero me invadia.

Talvez vir para a Colinas de North Hampton NÃO tenha sido uma ideia tão boa.

SEGUNDA-FEIRA, 11H10
NO MEU ARMÁRIO NA CNH

Eu ainda estava esperando na secretaria da escola quando vi uma menina linda de cabelos ruivos, bolsa vermelha de marca e sapatos de salto combinando.

Ela poderia facilmente se passar por irmã gêmea da MacKenzie, só que com o cabelo mais escuro.

A garota segurava um cartaz no qual se lia "BEM-VINDA, NIKKI!", então imaginei que era a representante dos alunos que me levaria para conhecer a escola.

Peguei minha bolsa, agradeci à secretária e atravessei o corredor para encontrá-la.

Meu coração batia forte enquanto eu respirava fundo e me apresentava, como tinha ensaiado na frente do espelho.

Pois é!

Eu também NÃO conseguia acreditar que estava conseguindo dizer TUDO aquilo...

"Oi, eu sou a Nikki Maxwell, do Westchester Country Day. Estou louca para passar a semana aqui na Colinas de North Hampton. Mas no momento estou TÃO NERVOSA que preciso encontrar o banheiro mais próximo e..."

Não consegui dizer que estava prestes a VOMITAR, porque a menina largou o cartaz de boas-vindas e praticamente me ATACOU!...

"Meu nome é Tiffany Blaine Davenport, e vou ser sua guia esta semana!", ela disse, animada. "Tenho a impressão de que nós duas vamos ser MELHORES AMIGAS!"

"Hum, é legal conhecer você também, Tiffany!", respondi enquanto tentava imaginar O QUE exatamente ela tinha ouvido falar de mim.

"Agora que a gente já se apresentou, acho que devíamos comemorar a nossa nova amizade." Ela deu uma risadinha e pegou o celular. "HORA DA SELFIE!"

"Tudo bem!", eu disse enquanto parava ao lado dela e sorria para a foto.

Tiffany baixou o celular e me olhou como se eu fosse uma espinha enorme que tivesse acabado de aparecer em seu rosto IMPECÁVEL.

"Hum, DESCULPA! Mas selfie boa é INDIVIDUAL!", ela disse. "Eu sou tão INCRÍVEL que preciso tirar fotos SOZINHA, para a lente conseguir captar

TODA a minha beleza! Agora, seja uma boa AMIGA e saia da frente, POR FAVOR! Aliás, adorei seus sapatos!"

E então a Tiffany me empurrou para o lado, de um jeito todo fofo.

Como essa garota OUSA me desrespeitar assim? Principalmente me conhecendo há, tipo, TRÊS minutos.

Pelo menos ela foi "legal" e me deixou participar de sua sessão de fotos ao estilo "supermodel".

Eu fiquei fora do foco da câmera e a abanei com o meu cartaz de boas-vindas, para criar um efeito de cabelos ao vento.

Que divertido! Só que não...

Não consegui deixar de revirar os olhos.

Enquanto estava ali abanando Tiffany pelo que pareceu uma eternidade, tive a PÉSSIMA sensação (além da cãibra forte no braço) de que a nossa "amizade" seria um pouco incomum!

A Tiffany queria ser minha MELHOR AMIGA ☺! Mas pelo visto queria que EU fosse sua escrava zumbi sem cérebro ☹!

Enfim, depois de terminarmos a sessão de fotos esquisita e "espontânea", a Tiffany me ajudou a encontrar meu armário.

E me apresentou às suas melhores amigas, Hayley e Ava, que se gabaram sem parar, dizendo que as três eram as GDPs (garotas descoladas e populares) mais estilosas e lacradoras da CNH, conhecidas por dar as festas mais incríveis.

Não consegui evitar e revirei os olhos DE NOVO. Apesar de elas parecerem SUPERimpressionadas consigo mesmas, eu não estava, nem um pouco.

Aí a Tiffany fez um tour de uma hora e meia comigo pela escola GIGANTESCA, me mostrando tudo. MINHA NOSSA! O lugar era tão imenso que eu poderia passar dias perdida ali.

Quando terminamos o tour, paramos na secretaria para pegar meus horários de aula...

| COLINAS DE NORTH HAMPTON | | |
| Cronograma de aulas | | |

NIKKI MAXWELL

Aula	Horário	Professor
História	8h-8h50	Sr. Schmidt
Geometria	9h-9h50	Sra. Grier
Biologia	10h-10h50	Sr. Winter
Francês	11h-11h50	Madame Danielle
Almoço	12h-12h50	–
Ed. física	13h-13h50	Sra. Chandran
Sala de estudos	14h-14h50	Sr. Park

MEU CRONOGRAMA DE AULAS

Fiquei grata por saber que a Tiffany queria me contar "conselhos valiosos e as fofocas mais recentes" sobre todos os meus professores e aulas. Mas com certeza NÃO era o que eu esperava de uma representante dos alunos...

CONSELHOS DA TIFFANY SOBRE AS MINHAS AULAS NA COLINAS DE NORTH HAMPTON

HISTÓRIA: "O sr. Schmidt é um velho caduco que adora contar coisas de quando ele estudava na CNH, na Idade da Pedra. Ele é cego feito uma porta e não vai ver nada se você ficar no fundão trocando mensagens pelo celular com seus amigos, pintando as unhas ou tirando um cochilo de beleza. Não que eu precise de um cochilo de beleza. Mas acho que VOCÊ, sim, precisa de alguns. Não leve a mal!"

GEOMETRIA: "A sra. Grier nos dá testes uma vez por semana. Mas só um otário completo passaria o fim de semana estudando em vez de se divertir. Eu copio todas as respostas da Hannah Stewart, que senta na minha frente e só tira A. Mas tome cuidado para não copiar o NOME dela na prova. Eu fiz isso uma vez, e a sra. Grier ficou DOIDA e me reprovou! A mulher é PIRADA!!"

BIOLOGIA: "A aula do sr. Winter é moleza! Sempre que ele perde o plano de aula (o que acontece muito), em vez de dar algum conteúdo, ele passa o mesmo filme para a sala, *Jurassic Park*, que segundo ele é 'uma crítica mordaz ao impacto negativo da clonagem irrestrita na civilização moderna'. Nós já vimos o filme onze vezes. Só este MÊS! Talvez você esteja se perguntando por que ele vive perdendo o plano de aula. Pode ter algo a ver com uma ladra SUPEResperta (e SUPERestilosa) que o rouba antes da aula. De nada!"

EDUCAÇÃO FÍSICA: "Esta semana vamos andar a cavalo nas trilhas. Chegue cedo ao estábulo para escolher seu cavalo. A Coco e o Star são os mais dóceis e comportados. Mas ATENÇÃO! Evite o pônei Camarada. Apesar de ser pequeno e de ter um nome bonitinho, ele NÃO é seu camarada! Aquela coisa é uma FERA! Me encontre no estábulo dez minutos antes da aula".

FRANCÊS: "Madame Danielle é a professora mais má e esnobe da escola. Mas, no momento, ela também é a mais POPULAR, porque vai levar um grupo de alunos para Paris com todas as despesas pagas no verão. A coisa aqui está parecendo Jogos Vorazes, com os alunos se matando por uma vaga. O mais importante a saber sobre madame Danielle é que ela tem uma obsessão secreta por doces. Se quiser que ela seja boazinha com você, é só suborná-la com uma caixa de trufas de chocolate. Esse é, tipo, o ÚNICO motivo pelo qual eu não vou ser reprovada na aula dela!"

Graças à Tiffany, eu descobri que madame Danielle é a coordenadora do departamento de línguas estrangeiras e a consultora da viagem para Paris.

Animada, expliquei a ela que o meu professor de francês no WCD havia me recomendado para esse programa e que eu estava LOUCA para ir a Paris!

Na mesma hora, fui até a secretaria para solicitar uma reunião com madame Danielle.

Então agora tenho um horário para conversar com ela na sexta. ÊÊÊÊÊ ☺!!

Mas, para ser sincera, ela me parece meio má. E se ela me ODIAR?! Sério, eu nem conheço a professora e já estou morrendo de MEDO dela.

Estou REZANDO para ela ME escolher para ir a Paris.

Vai ser o MELHOR acontecimento da minha vida INTEIRA!...

SEGUNDA-FEIRA, 15 HORAS
NO MEU ARMÁRIO DA CNH

Na hora do almoço, a Tiffany me convidou para sentar com ela e sete de suas amigas mais próximas.

O refeitório da CNH mais parece a praça de alimentação de um shopping, mas maior e com opções gourmet mais gostosas.

Apesar de eu ter me esforçado para ser simpática, a Tiffany estava começando a me irritar até o ÚLTIMO fio de cabelo. A garota é tão FÚTIL que tira uma selfie a cada, tipo, dez minutos.

Em seguida, ela me pediu para pegar o almoço DELA, já que ia pegar o MEU. Aí, ela me pediu para levar a bandeja do almoço DELA, já que ia levar a MINHA. E, por fim, ela me pediu para carregar os livros DELA, já que ia carregar os MEUS.

AI, MEU DEUS!

Eu SURTEI completamente!

Mas eu disse isso dentro da minha cabeça, então só eu mesma escutei!

Meu primeiro dia na Colinas de North Hampton foi muito... hum.... EXAUSTIVO!!

Mas, se eu quiser continuar no programa de intercâmbio estudantil e ainda ter esperança de ir para Paris, não tenho escolha a não ser aguentar a Tiffany e suas amigas falsas.

Ei, só faltam mais QUATRO dias!

A BOA notícia é que as coisas NÃO PODEM ficar PIORES do que já estão!!

A MÁ notícia é que eu posso estar totalmente ENGANADA a respeito da BOA notícia!

☹!!

TERÇA-FEIRA, 13 DE MAIO — 7H45
NO MEU ARMÁRIO DA CNH

Por que estudar na Colinas de North Hampton me dá a sensação de estar vivendo num universo paralelo MUITO BIZARRO?

Hoje cedo, a Tiffany, a Hayley e a Ava me encontraram na entrada. A Tiffany me recebeu com um abraço e beijinhos no ar. "E aí, como está a minha nova melhor amiga? Adorei seus sapatos!"

A Hayley e a Ava só me olharam de cima a baixo com desdém e não disseram nada.

Será que é recalque?!

Enquanto atravessávamos o corredor, a Tiffany estava tão ocupada postando sua última selfie que deu um esbarrão acidental em um garoto carregando uma sacola de livros, uma caixa e o que parecia ser um sabre de luz de plástico.

Atônito, ele caiu estatelado no chão ao lado de seus óculos...

TIFFANY ESBARRA SEM QUERER EM UM ALUNO E ELE CAI NO CHÃO!

"Seu IDIOTA desastrado!", a Tiffany reclamou. "Como eu posso postar a minha selfie com você trombando comigo desse jeito, como se isso aqui fosse um jogo de futebol americano?"

"D–desculpa, Tiffany!", o garoto gaguejou, um tanto desnorteado, enquanto se levantava.

"Esses nerds do clube de ciências são tão RIDÍCULOS!", a Hayley disse, bem brava. "Você não acha que já está meio velho para trazer brinquedos para a escola?"

"Aposto que é para a apresentação de profissões! É melhor você ir nessa, porque as salas do ensino fundamental ficam no prédio lá embaixo." A Ava riu conforme o cara se afastava, humilhado. "Vê se arruma o que fazer da vida!"

A Tiffany voltou a digitar no celular e disse: "Quero muito que vocês vejam as duas selfies que eu fiz hoje cedo, escovando os dentes e comendo panqueca! Vocês vão ADORAR!"

Fiquei ali parada, em choque, avaliando se aquelas garotas eram muito CRUÉIS ou só totalmente SEM NOÇÃO!!

Por fim, concluí que eram AS DUAS COISAS! E fiquei tão IRADA que senti vontade de... GRITAR!!

"Olha, Tiffany, eu acho que foi VOCÊ quem trombou com aquele menino", eu disse, bem irritada. "Ainda bem que ele não se machucou."

De repente, ela parou de digitar e olhou para mim. A Hayley e a Ava cruzaram os braços e enrugaram o nariz, como se eu tivesse tomado banho com um perfume chamado Mijo de Gato.

"Nikki, qual é o problema? Acho que você está é com INVEJA das minhas selfies TOP", a Tiffany disse de modo acusatório, enquanto a Hayley e a Ava assentiam, concordando.

"Problema nenhum. Mas, se você começa a olhar para a tela do celular num corredor lotado, é óbvio que vai acabar trombando com as pessoas", tentei explicar pacientemente.

As três reviraram tanto os olhos para mim que achei que os globos oculares delas iam cair e sair rolando pelo corredor...

TIFFANY E SUAS MELHORES AMIGAS, ME OLHANDO COM CARA DE BRAVAS

"Então você vai FINGIR que é a Dona Perfeição?!", a Tiffany disse com sarcasmo. "Desculpa, Nikki, mas todo mundo aqui já conhece a SUA fama!"

"Eu sei que não sou perfeita", me defendi. "Mas também não faço tudo o que posso para ser CRUEL com as pessoas."

"Ah, é mesmo? Então por que aquela tal MacKenzie Hollister pediu transferência para a CNH por SUA causa?", a Hayley perguntou.

"De acordo com as últimas fofocas, você transformou a vida dela num INFERNO!", falou a Ava.

"Isso NÃO é verdade!", gritei.

"Olha, EU também ficaria PÉSSIMA se alguém DESTRUÍSSE a minha festa de aniversário sabotando a fonte de chocolate, para que a minha melhor amiga e eu acabássemos totalmente encharcadas de chocolate!", a Tiffany comentou.

"É, e você TRAPACEOU no concurso de ARTES da escola, no show de TALENTOS e no show beneficente de patinação no GELO!", a Hayley gritou.

"Sem falar que você ENFIOU a coitada da menina numa caçamba de lixo durante o Baile do Amor! E a EMPURROU numa PISTA DE ESQUI! Ela poderia ter MORRIDO!", a Ava disse com ironia.

"Desculpa, mas NADA disso é verdade!", rebati. "São só boatos maldosos que alguém está espalhando sobre mim. Eu nunca, NUNQUINHA faria NENHUMA dessas coisas HORRÍVEIS!"

"TÁ BOM! Então você NÃO encheu a casa da MacKenzie de papel higiênico de madrugada com as suas amigas GDPs?", a Tiffany perguntou, estreitando os olhos para mim.

A Hayley e a Ava também ficaram me encarando, com total desprezo.

Claro que tudo isso me deixou MUITO brava.

"NÃO! EU. NÃO. FIZ. ISSO!!", gritei.

Mas aí uma lembrança horrorosa me ocorreu e meio que me fez surtar.

Sabe, a lembrança de mim, quatro meses atrás, dormindo na casa da Zoey e enchendo o jardim da MacKenzie de papel higiênico, logo depois do Ano-Novo!!...

EU E MINHAS MELHORES AMIGAS ENCHENDO O JARDIM DA MACKENZIE DE PAPEL HIGIÊNICO

"Quer dizer, hum....", falei. "Pensando bem, pode ser que eu TENHA aprontado uma com a MacKenzie, enchendo o jardim da casa dela de papel higiênico. Mas não fiz NENHUMA dessas outras coisas escandalosas. Então, nem vem!"

128

"Admita logo, Nikki! Você é FOGO, assim como EU! Faz de tudo para conseguir o que quer e acaba com qualquer um ou qualquer coisa que atravesse o seu caminho. E eu ADMIRAVA isso em você. Até você se virar contra mim!", a Tiffany gritou.

"Isso é MALUQUICE! Eu só sugeri que você NÃO digitasse no celular no meio do corredor lotado! Como ISSO pode ser me virar contra você?", respondi.

"Desculpa, Nikki! Mas eu DESFAÇO A NOSSA AMIZADE! Vamos, meninas, vamos logo!", a Tiffany exclamou. "Preciso registrar esse momento muito intenso da minha vida com outra SELFIE!"

Aí, a Tiffany, a Hayley e a Ava saíram rebolando pelo corredor. Eu DETESTO quando essas meninas maldosas e esnobes rebolam!

Fui direto para a luxuosa ala leste, até meu armário enorme, perto de um lustre lindo e SUPERcaro, e comecei a escrever sobre tudo o que tinha acabado de acontecer...

129

EU, ESCREVENDO NO MEU DIÁRIO

Apesar de estar em uma escola ENORME, com centenas de alunos, de repente eu me senti totalmente sozinha!

Engoli o nó enorme na garganta enquanto meus olhos se enchiam de lágrimas ☹!

Eu NUNCA pensei que sentiria TANTA falta das minhas amigas e da minha escola, o WCD!

Eu não tinha a menor dúvida de que a Tiffany, a Hayley e a Ava eram as meninas malvadas sobre quem a secretária havia me alertado.

E, quanto mais longe eu ficasse delas, melhor.

☹!!

TERÇA-FEIRA, 14H10
NA SALA DE ESTUDOS

As quatro primeiras aulas pareciam NÃO TER FIM!

Não ajudou muito ver que a Tiffany cochichava com suas amigas e me olhava de cara feia.

Parecia que ela tinha mais raiva de mim do que de bolsas de marca falsificadas.

Finalmente, chegou a hora do almoço. Peguei um hambúrguer com batata waffle e, de sobremesa, um frozen yogurt delicioso com morangos frescos.

A maioria dos alunos no refeitório estava sentada com os amigos.

Como eu não tinha amigos, encontrei uma mesa vazia no fundo, perto das latas de lixo, para não incomodar ninguém.

E então a coisa mais esquisita aconteceu!!...

EU, SURPRESA, PORQUE UNS GAROTOS
PEDIRAM PARA SENTAR COMIGO

"Eu sou o Patrick. E estes são Lee, Drake e Mario", ele disse enquanto todos se sentavam.

"Oi, meninos!", falei e sorri. "Como vocês sabiam o MEU nome?"

"TODO MUNDO sabe o seu nome!", Lee respondeu. "Há um mês a gente vem ouvindo coisas sobre você. Acho que você é famosa na CNH!"

Dei uma mordida no hambúrguer e encolhi os ombros. "Tenho até medo de perguntar, mas famosa POR QUÊ?"

Eles se entreolharam e depois me encararam. "Bom, pela sua... reputação", o Drake respondeu.

"Parece que eu tenho MÁ fama! Se tiver a ver com os boatos que ouvi hoje cedo, NADA daquilo é verdade", resmunguei.

"NÃO?!", os garotos exclamaram, obviamente desapontados.

"Na verdade, a gente estava esperando que fosse", o Lee comentou.

"A Tiffany se acha a poderosa, e comanda esta escola como se fosse a diretora de um presídio. Mas ouvimos falar que ela está se sentindo ameaçada por você. A gente devia formar uma aliança!", o Mario disse.

"Uma aliança? De que tipo?", eu quis saber.

"Bom, se você puder nos ajudar, talvez a gente possa te ajudar também!", o Drake respondeu.

"Ajudar vocês com o quê?", perguntei, meio desconfiada.

"Nós somos membros do clube de ciências. Mas, para manter o nosso patrocínio, precisamos ter pelo menos seis membros, além da diretoria, que somos nós quatro. Como temos menos que isso, vamos perder o patrocínio na segunda, e o clube vai acabar", o Patrick explicou. "E agora a Tiffany convenceu o presidente do conselho estudantil a substituir o clube de ciências pelo novo clube de selfies dela. Ela disse que vai ser melhor para a escola, pois doze pessoas já se inscreveram."

"Vocês já tentaram fazer uma campanha de adesão?", perguntei.

"Sim, fizemos uma em abril. Foi um sucesso, o número de associados dobrou!", disse o Lee.

"Que legal! Quantos associados vocês têm AGORA?", perguntei.

"Passamos de DOIS para QUATRO membros! Mas precisamos de mais seis. Colocamos um formulário de adesão no vestiário masculino", o Drake se gabou. "Você tem ideia de quantos meninos passam por ali todo dia? Tipo... centenas!"

"Fala sério! E AS MENINAS?!!", gritei. "Não é à toa que NENHUMA menina se inscreveu."

"É, acho que a gente deu mancada, e feio. E aí, você vai nos ajudar?", o Patrick perguntou.

"POR FAVOOOOOOR!!!", os quatro imploraram.

"Desculpa, meninos, mas acho que eu não posso fazer nada. Já pensaram em entrar para o clube de selfies? Pode ser divertido", falei, dando de ombros.

"Por que a gente não pensa em medidas mais... DRÁSTICAS?", o Patrick sugeriu.

"Drásticas como?", perguntei.

A única medida DRÁSTICA que eu queria tomar era internar a Tiffany para curar aquele VÍCIO irritante dela em SELFIES...

TIFFANY RECEBE TRATAMENTO MÉDICO PARA VÍCIO EM SELFIES!

"Drásticas do tipo... sei lá", o Drake explicou. "Talvez você possa roubar o diário dela e fazer chantagem para que ela esqueça essa história de clube de selfies."

"Ou dar uma bolada na cara dela com tanta força que ela tenha amnésia e esqueça totalmente do novo clube!", o Lee sugeriu.

"Você pode colocar um inseto no cabelo dela e postar o vídeo no YouTube, assim ela pede transferência para outra escola, de tão humilhada!", o Mario propôs.

Eu estava ficando de saco cheio de ouvir as pessoas repetirem todos aqueles boatos. "JÁ SEI!", gritei com sarcasmo. "POR QUE EU NÃO EMPURRO A TIFFANY EM UMA PISTA DE ESQUI, ASSIM ELA QUEBRA O NARIZ E NUNCA MAIS VAI QUERER TIRAR OUTRA SELFIE?!"

Os garotos começaram a vibrar, se cumprimentando com vários "Toca aqui!".

"PERFEITO!!", o Patrick gritou.

"BRILHANTE!!", o Lee comemorou.

"DEMAIS!!", o Drake festejou.

"EXCELENTE!!", o Mario berrou.

"Desculpa, meninos! Eu estava brincando. Foi só SARCASMO!", resmunguei.

"Bom, será que você pode pelo menos ir à nossa reunião depois da aula na sexta-feira?", o Patrick pediu.

"Acho que não. Mas o que acontece nessas reuniões, normalmente?", perguntei por curiosidade.

"A gente começa sugerindo uma atividade diária. Depois, votamos SIM ou NÃO e colocamos os votos na urna. Abrimos e contamos todos eles", o Mario explicou.

"Então o clube de vocês faz coisas maneiras, como realizar experiências, visitar museus de tecnologia e participar de feiras de ciências, certo?", perguntei.

"Não! Normalmente a gente só faz encenações das nossas cenas preferidas de luta com sabre de luz dos filmes da saga *Star Wars*. É muito divertido e emocionante!", o Lee contou.

E ISSO explicava por que o Patrick estava carregando aquela caixa e o sabre de luz, hoje de manhã.

"Não sei, meninos", respondi, suspirando. "Vou pensar, tá? Talvez a gente possa se encontrar amanhã na hora do almoço para conversar um pouco mais."

E assim combinamos.

Eles me agradeceram e foram para a sala se sentindo esperançosos.

Mas, lá no fundo, eu sabia que não havia muito que eu pudesse fazer para ajudá-los a salvar o clube de ciências.

☹!!

TERÇA-FEIRA, 15H10
NO MEU ARMÁRIO DA CNH

Eu me senti muito mal pelo Patrick e os outros garotos do clube de ciências.

Eu sabia por experiência própria como era enfrentar a IRA da Tiffany. E só preciso lidar com ela até o fim desta SEMANA. Mas aqueles coitados são obrigados a aturá-la até o fim do ANO!

A Tiffany é só uma menina maldosa que tem como passatempo ACABAR com a vida dos outros.

E por falar em meninas maldosas...

Eu tinha um bom palpite sobre QUEM estava espalhando todos aqueles boatos HORROROSOS sobre MIM.

Olhei para o relógio na parede e peguei minha mochila para voltar até a sala de aula.

Então eu me virei, mas congelei quando me vi cara a cara com...

MACKENZIE HOLLISTER, OLHANDO HORRORIZADA PARA MIM!

Parecia que a MacKenzie tinha acabado de ver um fantasma! Aí ela veio grudando em mim, como se fosse... meu CREME FACIAL caseiro!

Eu estava tão brava que seria capaz de DAR UNS TAPAS naquela cara!

Mas eu NUNCA faria algo desse tipo, porque sou uma pessoa muito da paz, detesto violência.

E tenho ALERGIA a AGRESSÃO!

Quando vi a MacKenzie na CupCakery, no dia 30 de abril, ela estava lá com seus novos amigos da CNH. Mas ficou bem CLARO que ela estava fingindo ser EU. Parecia que ela tinha roubado a minha identidade e assumido a MINHA vida, mas mantendo o nome DELA.

A LISTA DE MENTIRAS DA MACKENZIE
(COMO ELA ROUBOU A MINHA VIDA!)

A MacKenzie disse que ELA:

1. Tinha uma banda chamada Na Verdade, Ainda Não Sei

2. Tinha um contrato para gravar um disco com Trevor Chase

3. Foi coroada Princesa do Amor no Baile de Dia dos Namorados com o Brandon como seu par

4. Tinha uma coluna de conselhos no jornal da escola chamada "Srta. Sabichona"

5. Era voluntária no Centro de Resgate de Animais Amigos Peludos

6. Organizou uma campanha de arrecadação de livros para a biblioteca da escola

7. Ganhou um prêmio em dinheiro para caridade em um show de patinação no gelo

E, como se TUDO ISSO não fosse suficiente, a MacKenzie TAMBÉM começou a espalhar um monte de boatos dizendo que EU tinha feito com ELA todas as coisas CRUÉIS que, na verdade, foi ELA quem fez COMIGO!

Enfim, eu apontei o MEU dedo na cara DELA e gritei...

EU, OLHANDO HORRORIZADA PARA A MACKENZIE!

De repente, as coisas ficaram muito, muito tensas.

"Eu NUNCA ia querer a sua vida RIDÍCULA, Nikki!
Agora, O QUE você está fazendo na MINHA escola?!"

"Estou participando do programa de intercâmbio
estudantil. Mas eu NÃO QUERIA vir para a Colinas de
North Hampton, por SUA causa! Só estou aqui porque
quero a viagem GRATUITA para PARIS patrocinada por
esta escola! Meu professor no WCD disse que eu tenho
uma boa chance. Mas provavelmente estou perdendo meu
tempo, porque eu soube que a consultora da viagem, a
madame Danielle, só é legal com quem a SUBORNA com
chocolate!", gritei.

"Bom, vê se fica na sua enquanto estiver aqui! Eu NÃO
vou deixar você acabar com a minha vida. Você não faz
ideia do que eu passei para entrar nesta escola!"

"MacKenzie, a sua vida é MUITO fácil! Você recebe
tudo de mão beijada!"

"É aí que você se ENGANA! Nem era para eu estar
nesta escola. Eu surtei na prova de admissão e tirei

uma nota tão baixa que meus pais tiveram que doar uma grana PRETA para que eu fosse aceita. Então, Nikki, não fale do que não sabe!"

Fiquei olhando furiosa para a MacKenzie.

E ela ficou olhando do mesmo jeito para mim.

Foi quando de repente ouvi alguém rir e dizer: "AI, MEU DEUS! Que DRAMALHÃO! Queria ter um balde de pipoca para assistir à cena!"

A MacKenzie e eu nos viramos e ficamos chocadas.

A TIFFANY estava parada atrás de nós duas, FILMANDO tudo com seu CELULAR!

Ela interrompeu a filmagem e jogou os cabelos.

Então veio para perto da gente e fez POSE de modelo.

A MacKenzie e eu ficamos olhando para ela, sem poder acreditar, enquanto ela fazia bico e tirava uma selfie rápida...

147

TIFFANY TIRA UMA SELFIE COMIGO E COM A MACKENZIE!

"Desculpa, meninas! Mas vocês duas vieram daquela escola LIXO chamada Westchester Country Day! NUNCA vão ser boas o bastante para a Colinas de North Hampton! E o meu vídeo é a prova disso.

Então, nem pensem que vão chegar aqui e pegar o MEU lugar como RAINHA da escola! NÃO vai rolar!"

A MacKenzie e eu ficamos nos encarando. Não havia dúvida de que nós duas nos DETESTÁVAMOS desde o primeiro dia em que nos vimos.

Aí, AMBAS olhamos para a Tiffany, uma diva viciada em selfies determinada a DESTRUIR a minha vida e a da MacKenzie também. Ela provavelmente era a ÚNICA pessoa que nós duas ODIÁVAMOS mais do que UMA À OUTRA!!

A Tiffany olhou para a foto na tela e riu. "A nossa selfie ficou SUPERfofa! Vocês precisam ver! Vou enviar a foto para vocês duas, tá? Vocês vão ADORAR! Até mais! Ah, mudando de assunto, ADOREI seus sapatos!"

Eu estava totalmente ABISMADA!

Em poucas horas, a Tiffany tinha deixado de ser minha nova melhor amiga e se tornado uma BAITA FALSIANE!

Tipo, QUEM faz ISSO?!

De repente, tudo ficou muito claro para mim.

Não tinha **COMO** eu SOBREVIVER àquele programa de intercâmbio.

☹!!

QUARTA-FEIRA, 14 DE MAIO — 7H45
NO MEU ARMÁRIO NA CNH

Ter que lidar com a MacKenzie é muito RUIM!

E ter que lidar com a Tiffany é PÉSSIMO!

Mas ter que lidar com a MacKenzie E com a Tiffany ao mesmo tempo é o suficiente para me fazer...

GRITAAAAAAAAR ☹!!

Pensei seriamente em falar para a minha mãe que eu precisava faltar na escola o resto da semana, porque estava DE SACO CHEIO!

DE SACO CHEIO da MacKenzie tentando ROUBAR a minha vida.

DE SACO CHEIO da Tiffany tentando ACABAR com a minha vida.

Não sei se consigo aguentar MAIS DRAMA!

E, se eu pudesse escolher, preferiria ter um CHILIQUE na privacidade do meu quarto, e não na Colinas de North Hampton, na frente de centenas de alunos.

Havia duas meninas no armário ao lado do meu, e foi impossível não ouvir a conversa delas.

"A Tiffany falou para a gente se inscrever logo no clube de selfies, para ele substituir o clube de ciências. Mas, sendo sincera, eu prefiro entrar para o clube de ciências a ficar abanando o cabelo das GDPs para as fotos", uma garota de rabo de cavalo resmungou.

"Concordo totalmente! E eu nem sabia que EXISTIA um clube de ciências na escola", a amiga respondeu.

Decidi me apresentar. "Oi, meu nome é Nikki Maxwell. Eu sou do Westchester Country Day e estou aqui como aluna intercambista."

"Oi, eu sou a Sofia, e esta é a minha amiga Chase", disse a garota de rabo de cavalo. "Espera aí! Você é a Nikki que tentou fechar o Centro de Resgate de Animais Amigos Peludos?"

152

"POR QUE você ODEIA cachorrinhos?!", a Chase quis saber. "Eles são TÃO FOFOS!"

Eu fiquei, tipo: QUE ÓTIMO ☹!!

"Hum, não sou EU! É outra garota chamada Nikki", menti. "Que aliás parece ser uma PÉSSIMA pessoa. Eu AMO cachorrinhos!"

Sofia e Chase assentiram, concordando.

Continuei: "Eu queria saber se vocês estão a fim de entrar para o clube de ciências. Vai acontecer uma reunião na sexta, e eles vão planejar atividades bem legais para o ano que vem. Precisamos das ideias de vocês. Vai ser divertido!"

"Meninas que estudam ciências, tecnologia, engenharia, artes e matemática são LACRADORAS!", a Sofia disse.

"É mesmo! Esses assuntos são demais!", a Chase acrescentou.

"LEGAL! ANOTEM SUAS IDEIAS
E LEVEM PARA A REUNIÃO!"

"Vou encontrar alguns membros do clube de ciências na hora do almoço. Se quiserem, se juntem à gente", falei.

"Tá bom!" A Sofia e a Chase sorriram.

Ainda há muito a ser feito, mas talvez o nosso plano de salvar o clube de ciências possa funcionar.

A Tiffany vai ter um TRECO quando descobrir que o clube de selfies está correndo o risco de não sair do papel.

Mas eu estou TÃO cansada da Srta. Rainha e de seu grupinho de meninas FRESCAS.

Tenho três objetivos importantes agora: (1) evitar a Tiffany e a MacKenzie como se elas fossem doenças altamente contagiosas; (2) ajudar o Patrick a salvar o clube de ciências; e (3) convencer a madame Danielle a me dar a viagem para Paris!

Depois, TÔ FORA DAQUI!

☺!

QUARTA-FEIRA, 10H52
NO MEU ARMÁRIO DA CNH

Quando cheguei à aula de biologia, o professor Winter tinha "perdido" seu plano de aula de novo, o que significava que assistiríamos a Jurassic Park.

Por fim, eu entendi por que ele passava aquele filme tantas vezes nas aulas.

Era para DISTRAIR os alunos! Ele precisava que todo mundo ficasse quieto e o deixasse em paz, para ele poder buscar na internet uma VAGA DE PROFESSOR em OUTRA escola!

O coitado parecia SUPERestressado.

De repente, eu senti muita pena dele.

A Tiffany estava sentada conversando com suas amigas e, quando me viu, fez a coisa mais esquisita do mundo.

Ela foi até a minha carteira e me deu um ABRAÇO, que pareceu durar UMA ETERNIDADE.

"Nikki, quero pedir desculpa pelo que aconteceu ontem", ela disse, toda meiga. "As coisas saíram do controle. Eu não queria dizer nada daquilo, e você estava certa o tempo todo. Podemos fazer as pazes?"

Fiquei chocada!

Uma GDP NUNCA havia me pedido desculpa!

A MacKenzie preferiria ser enterrada viva com um vestido de poliéster do Walmart e sapatos falsificados imitando alguma marca famosa a pedir desculpa para alguém NA VIDA.

Aquilo era quase bom demais para ser verdade.

Talvez a Tiffany não fosse tão maldosa quanto eu pensei.

Decidi lhe dar mais UMA chance. Mas eu ainda não CONFIAVA nela totalmente.

"Olha, não foi nada. Está tudo bem", eu sorri.

"OBA!", ela exclamou. "Eu tenho a minha amiga de volta!"

Aí ela voltou para sua carteira e começou a rir e a cochichar com as amigas.

O professor estava prestes a apagar as luzes e a iniciar o filme quando a Tiffany levantou a mão.

"Sr. Winter, eu só queria contar que vi uma pessoa PEGAR o seu plano de aula."

Fiquei muito surpresa ao ouvir AQUELA notícia!

Principalmente porque a Tiffany já tinha confessado para mim que ELA roubava o plano de aula dele desde o início do ano.

O professor fez uma cara feia e ergueu uma sobrancelha. "Obrigado, srta. Davenport! E quem foi o LADRÃO?"

Fiquei em choque e estarrecida com a coisa VERGONHOSA que a Tiffany fez em seguida.

Ela se levantou, apontou para mim e disse...

TIFFANY, ME ACUSANDO DE ROUBAR O PLANO DE AULA DO PROFESSOR

Fiquei olhando para ela, sem acreditar! Eu já sabia que a Tiffany era uma viciada em selfies muito maldosa e esnobe. Mas NÃO SABIA que ela também era uma MENTIROSA doentia!

"Sr. Winter, i—isso NÃO é verdade!", gaguejei. " Eu não peguei o seu plano de aula! NÃO está na minha mochila! Quer ver?..."

A classe inteira ficou me encarando enquanto eu jogava todo o conteúdo da mochila em cima da mesa.

"Viu, professor? NÃO está na minha..."

Parei no meio da frase e fiquei olhando, confusa.

Um livro grande com capa de couro marrom, que eu nunca tinha visto na vida, estava em cima dos meus livros.

Olhei feio para a Tiffany. Ela deve ter enfiado o plano de aula do professor na minha mochila durante o abraço de "desculpa".

E aquela COBRA viciada em selfies apenas deu de ombros e sorriu para mim, toda inocente.

O sr. Winter atravessou rapidamente a sala e pegou o plano de aula da minha carteira...

EU, SURTANDO AO VER O PLANO
DE AULA DO MEU PROFESSOR!

"Srta. Maxwell, nós temos uma política de tolerância zero em relação a ROUBOS", ele disse com firmeza. "Fique sabendo que VOU FALAR com o diretor Winston a respeito do seu comportamento deplorável!"

"Mas, sr. Winter, não é nada disso! Eu NUNCA...!"

"Guarde suas JUSTIFICATIVAS para quando voltar para o Westchester Country Day!", ele disse com frieza.

Fiquei ali, paralisada, com o coração aos pulos, feito um tambor.

Pude ouvir a Tiffany e suas amigas rindo atrás de mim.

Era muita HUMILHAÇÃO!

Eu queria abrir um buraco bem fundo ali, no meio da sala, me ENFIAR nele e MORRER!!

☹!!

QUARTA-FEIRA, 14H10
NA SALA DE ESTUDOS

Apesar de ainda estar um pouco traumatizada com a Tiffany e todo o drama na aula de biologia, eu estava louca para encontrar o pessoal do clube de ciências na hora do almoço.

A Sofia e a Chase sentaram com a gente e deram muitas ideias criativas para o clube.

As duas se deram bem com os meninos logo de cara.

Sugeri que a reunião de sexta-feira no laboratório de ciências seja uma campanha para conseguir novos inscritos e uma FESTA, com pizza da Queijinho Derretido.

Todo mundo ADOROU a ideia!

E todos nós concordamos em espalhar formulários de adesão ao clube pela escola toda, não só no vestiário masculino.

O Lee e o Mario se ofereceram para cuidar da pizza e do refrigerante. O Patrick e a Sofia concordaram em fazer a decoração. O Drake se ofereceu para ser o DJ e sugeriu uma playlist com tema de ciências, que incluía a música antiga preferida dele: "She Blinded Me with Science" ("Ela me cegou com a ciência").

Foi quando a Chase, toda animada, deu a ideia de que o tema da festa fosse "Cego pela Ciência!" e se ofereceu para fazer os cartazes.

Ela também teve uma ideia incrível para brindes descolados que poderíamos conseguir por um preço ÓTIMO na loja de 1,99.

Eu lembrei a todos que era importante convidar os amigos e outros alunos para a nossa festa do clube de ciências! Quer dizer... reunião do clube de ciências.

Nosso objetivo é mostrar que a ciência pode ser divertida e envolvente, além de interessante.

Enfim, todo mundo ficou tão empolgado que perdemos totalmente a noção da hora.

Quando acabamos de planejar o evento, o almoço já havia terminado, e tínhamos menos de um minuto para correr para a próxima aula.

Eu não estava nada preocupada em chegar atrasada, até lembrar que a próxima aula era de educação física.

Ontem, passamos a aula toda discutindo o básico do hipismo e como praticar com segurança.

E hoje ANDARÍAMOS a cavalo.

Foi quando eu me lembrei do ALERTA da Tiffany sobre a importância de chegar ao estábulo dez minutos MAIS CEDO para escolher um cavalo.

QUE MARAVILHA ☹! Saí correndo e torci para chegar lá antes que fosse tarde demais.

Coloquei rapidinho a roupa de montaria e fui em direção ao estábulo para escolher um cavalo.

Mas, infelizmente, só tinha sobrado UM...

"CAMARADA, O PÔNEI?!"

Olhei para ele, chocada. Ele era o cavalo do MAL... ou melhor, o pônei do mal... que todo mundo tinha medo de montar.

"Olha só aquela FERA asquerosa", a Tiffany disse atrás de mim. "Parece que o coitado do Camarada está MORRENDO DE MEDO de você!"

Fiquei tão brava que estava quase soltando FUMAÇA pelo nariz. Mas também havia fumaça (em forma de gases) saindo de outro lugar... do traseiro do Camarada! ECAAAA ☹! AI, MEU DEUS! O cheiro dos puns dele era HORROROSO. Parecia que aquele pônei tinha comido dezenove latas de feijão e sete meias bem suadas, sujas e fedorentas.

Todos os alunos saíram do estábulo em direção à trilha, menos o Camarada e eu.

"Vamos, Camarada, vamos lá!", resmunguei e o incentivei, batendo os pés na lateral dele.

Ele me olhou feio e relinchou alto.

"Pare de reclamar!", falei, muito brava.

Ele bateu a pata no chão, todo irritado, e soltou mais um pum. Aí saiu em disparada do estábulo, pegou a trilha e se transformou em um cavalo selvagem que não parava de dar coices...

CAMARADA TENTA ME MATAR ENQUANTO EU LUTO PELA VIDA!

A Tiffany e a Ava ficaram apontando e rindo, bem mal-educadas.

"Iiiii-ráááá! Vai, peão!", a Ava gritou.

"Uau! Esse é o show de PALHAÇO DE RODEIO mais engraçado que eu já vi!", a Tiffany riu. "Nikki, você é uma piada!"

Eu não podia acreditar que aquelas duas estavam fazendo PIADA quando eu poderia ter me machucado de verdade ou até MORRIDO por causa daquele cavalo MALUCO. Mas, depois de dez minutos, o Camarada deve ter gastado toda a sua energia negativa, porque de repente se acalmou e trotou pela trilha e de volta ao estábulo, como um cavalo de exposição.

Todo mundo, incluindo a professora, ficou impressionado por eu ter domado o Camarada com as minhas habilidades incríveis no hipismo. Só a Tiffany e a Ava ficaram me encarando e revirando os olhos.

Quando voltamos à baia do Camarada, eu lhe dei cenouras pelo bom comportamento. Aí ele soltou mais um pum, sorriu para mim, resmungou e logo adormeceu.

Meu pequeno pônei era o MAIS CAMARADA de todos! ☺!!

QUARTA-FEIRA, 17H15
NO MEU QUARTO

A Chloe e a Zoey foram à minha casa depois das aulas hoje para saber como estavam as coisas na CNH.

Primeiro, tentei mentir e disse que estava tudo ótimo. Mas acabei perdendo o controle e contei a verdade a elas. Estava sendo um desastre!

A MacKenzie espalhou boatos sobre mim e praticamente roubou a minha vida! A Tiffany me filmou em segredo enquanto eu reclamava da professora de francês, o que significa que eu NUNCA vou ganhar aquela viagem para Paris! E o professor Winter acha que eu roubei seu plano de aula e vai contar tudo para o diretor Winston!

"Olha, Nikki, NÃO volte para aquela escola!", a Zoey pediu. "Por que você está se punindo desse jeito?!"

"Gente! Aquele lugar deve ser HORRÍVEL!", a Chloe disse. "Como você aguenta?!"

Foi quando eu caí no choro...

"Ai, meninas, vocês têm razão! Mas eu fiz novos amigos lá, e quero me despedir deles, em vez de simplesmente desaparecer da face da Terra", eu disse, fungando.

Então, todas nós concordamos que amanhã seria o meu último dia na CNH, ainda que isso signifique ter que fazer o curso de verão no WCD. Apesar de eu me sentir aliviada por saber que o drama logo vai terminar, não consegui evitar e fiquei um pouco preocupada com os meus amigos do clube de ciências. ☹!!

QUINTA-FEIRA, 15 DE MAIO — 14H15
NA SALA DE ESTUDOS

Eu estava tão estressada que mal consegui dormir na noite passada.

Meu objetivo era sobreviver ao último dia na CNH. As coisas não poderiam piorar, certo?!

ERRADO! Durante o café da manhã, recebi uma mensagem da MacKenzie!

Ela me pedia para encontrá-la na fonte antes de entrar na sala de estudos, para discutirmos o NOSSO problema com a Tiffany. Respondi com "???", mas ela ignorou.

Na hora do almoço, o pessoal do clube de ciências sentou comigo, e tivemos uma conversa animada sobre o evento de amanhã.

Eles me agradeceram por tudo que eu fiz e disseram que o clube tem um prêmio especial, que eles pretendem me dar na festa. E aí todo mundo começou a comemorar.

Não tive escolha: fui obrigada a dar a má notícia. "Na verdade, HOJE é o meu último dia na CNH. E, apesar de não poder ir à festa do clube de ciências, tenho certeza de que vai ser um sucesso!"

De jeito nenhum eu esperava o que aconteceu em seguida.

"Nikki, se VOCÊ não vai estar lá, qual é o propósito da festa?", o Patrick murmurou, desapontado.

"Concordo!", a Sofia disse. "Você convenceu todo mundo a fazer isso, e agora está ABANDONANDO a gente!"

"NÃO é justo!", todo mundo reclamou ao mesmo tempo.

Tive que contar a eles sobre o drama com a MacKenzie, a Tiffany e o professor Winter, e que eu precisava ir embora antes que as coisas piorassem.

"Mas você disse que a gente precisava enfrentar a Tiffany e não permitir que ela fechasse o nosso clube de ciências. Se você for embora, vai DEIXAR a garota VENCER!", o Patrick argumentou.

Tive de admitir que ele tinha razão. Mas, quando expliquei que eu estava estressada e que ir embora mais cedo poderia resolver meus problemas, todo mundo finalmente entendeu.

Porém fiquei muito decepcionada com o que eles fizeram em seguida.

"Vamos votar para cancelar a reunião do clube de ciências e deixar que ele seja substituído pelo clube de selfies", o Patrick murmurou. "Escrevam 'SIM' ou 'NÃO' no papelzinho e coloquem dentro da urna, por favor. Nikki, você pode fazer a contagem."

Fiquei, tipo: QUE ÓTIMO ☹!! Enquanto eu contava os votos, comecei a sentir um nó enorme na garganta. Havia seis votos, e todos eles eram a favor do cancelamento da reunião.

Meus amigos tinham desistido, e a Tiffany VENCEU!

O restante do dia pareceu se arrastar eternamente.

Eu decidi que limparia meu armário e entregaria a identificação de aluno DEPOIS que encontrasse a MacKenzie na fonte...

A primeira coisa que eu quis saber foi POR QUE ela havia começado a espalhar todos aqueles boatos sobre mim. Fiquei chocada quando ela me contou a história de terror dela...

A Tiffany e as amigas zoavam a MacKenzie sem parar por causa daquele vídeo com o inseto no cabelo. Então ela começou a se esconder no banheiro para evitá-las...

A Tiffany fazia de tudo para tornar a vida da MacKenzie um inferno absoluto, e a MacKenzie foi ficando isolada, sem amigo nenhum...

A MacKenzie disse que se sentia invisível, porque parecia que todos os alunos da CNH a ignoravam. Então, na hora do almoço, ela sempre ficava sozinha...

Até que um dia ela ouviu alguns alunos conversando sobre o programa de talentos da TV 15 minutos de fama.

E, quando ela contou que o produtor do programa,
Trevor Chase, tinha ido ao WCD em março e
trabalhado com ela e com a banda Na Verdade, Ainda
Não Sei, os alunos da CNH pensaram que ela era a
vocalista da minha banda.

Eles ficaram MUITO impressionados! E, quanto mais a
MacKenzie contava sobre a MINHA vida, mais atenção
recebia, mais popular se tornava e mais amizades fazia.

Até que ela se enredou tanto na própria teia de
mentiras que praticamente assumiu a MINHA vida!

E, para impedir que os alunos da CNH descobrissem
quem eu era DE VERDADE, ela começou a espalhar
boatos horrorosos sobre mim, para criar ainda mais
confusão.

Foi SURREAL!!

De repente, a MacKenzie e eu fomos interrompidas de
maneira muito GROSSEIRA!

Pela TIFFANY ☹!!

"Desculpem, meninas! Mas eu preciso tirar umas selfies para o meu blog de moda, para mostrar a nova marca de maquiagem que estou usando. Esse lugar é o que tem a melhor iluminação na escola inteira. Por isso, DEEM O FORA!", ela exclamou ao nos tirar da frente.

A MacKenzie e eu ficamos em pé diante da fonte, olhando furiosas para a garota. A Tiffany subiu no nosso banco, como se fosse um palco, tirou várias selfies e então franziu o cenho.

"Droga! A luz do sol está batendo na fonte!", ela reclamou e subiu na borda. "Agora, saiam da frente!"

"Eu tenho uma ideia melhor!", a MacKenzie disse. "Por que você não ENGOLE o seu celular?"

"Não me odeie por ser linda!", a Tiffany resmungou enquanto cambaleava na beirada da fonte, de salto alto, fazendo várias poses.

A MacKenzie e eu nos entreolhamos. E acho que nós duas tivemos o mesmo pensamento.

De repente, o pé da Tiffany escorregou e ela perdeu o equilíbrio. "AAIII!", ela gritou.

A MacKenzie e eu ficamos olhando, sem acreditar, enquanto ela balançava de um lado para o outro em câmera lenta, mexendo os braços desesperadamente, como se fosse um filhote de passarinho tentando voar pela primeira vez.

Quando a Tiffany estava prestes a cair dentro da fonte, ela agarrou o braço direito da MacKenzie, numa tentativa de recuperar o equilíbrio. O que funcionou por cerca de dois segundos. Porque aí foi a MacKenzie quem perdeu o equilíbrio, e as duas ficaram oscilando juntas na beirada da fonte.

Foi quando eu me joguei para a frente, agarrei o braço esquerdo da MacKenzie e a puxei na direção oposta, como se ela fosse a corda numa disputa de cabo de guerra.

Agora, nós TRÊS estávamos balançando de um lado para o outro na beirada da fonte, como se estivéssemos no circo, tentando não cair na água.

Quando eu segurei a MacKenzie pela cintura e puxei com toda a força, nós três finalmente caímos no chão de mármore ao lado da fonte. Ei, pelo menos não caímos DENTRO da fonte!

Mas, de alguma forma, o impulso que demos nesse momento fez o celular da Tiffany sair voando.

Ela observou, HORRORIZADA, enquanto o aparelho caía dentro da fonte, espirrando água, e logo ia parar lá no fundo.

"AH, NÃO! MEU CELULAR!! MEU CELULAR!!", ela gritou, histérica. Em seguida, MERGULHOU na fonte para recuperá-lo.

Em pouco tempo, os gritos da Tiffany estavam ecoando pelos corredores da escola. "AI, MEU DEUS! O MEU CELULAR ESTÁ DESTRUÍDO! COMO EU VOU TIRAR UMA SELFIE SEM O MEU TELEFONE?!!"

Foi quando eu sussurrei para a MacKenzie: "Já que o celular da Tiffany está todo molhado, acho que devíamos ser legais e dar uma mãozinha para ela!"...

A MACKENZIE E EU, FAZENDO VÍDEOS DA TIFFANY PARA O BLOG DE MODA DELA ☺!!

A Tiffany continuou a reclamar. "MacKenzie e Nikki, eu ODEIO vocês duas!! Eu sei que vocês fizeram isso para se vingar de mim. Por ter roubado o plano de aula do professor Winter e colocado a culpa na Nikki! Por ter feito todas aquelas brincadeiras maldosas com a MacKenzie e tornado a vida dela um INFERNO! E por ter tentado acabar com aquele clube de ciências RIDÍCULO e INÚTIL para podermos ter um clube de selfies FABULOSO! É culpa de VOCÊS o meu celular ter ESTRAGADO. Eu juro que vai ter troco! Então é melhor ficarem espertas. Porque EU ODEIO VOCÊS! ODEIO VOCÊS! ODEIO VOCÊÊÊÊÊS!!"

Ela bateu o pé com raiva, espirrando água para todo lado.

Então, ela derrubou sem querer o telefone DE NOVO e voltou a mergulhar na água para pegá-lo.

AI, MEU DEUS! O vídeo da Tiffany ficou ainda mais INSANO do que o vídeo do inseto da MacKenzie!

A MacKenzie e eu sorrimos uma para a outra. E aí, em uma demonstração surpreendente e inédita de união, fizemos o impensável...

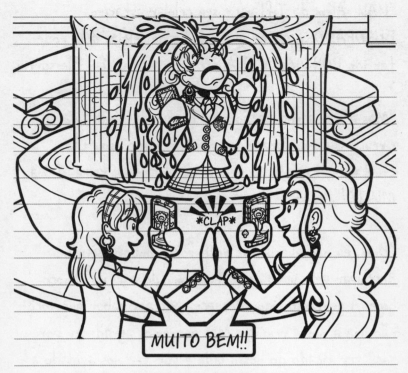

A MACKENZIE E EU,
COMEMORANDO A VITÓRIA!!

A Tiffany era uma TIRANA viciada em selfies! E nós esperávamos que o fato de termos registrado aquele vídeo fizesse a garota pensar duas vezes antes de tentar se vingar.

Alguém me deu um tapinha no ombro, e, quando me virei, fiquei surpresa ao ver o Patrick parado ali.

"UAU! Além da Tiffany e seu celular estarem ENSOPADOS, parece que o clube de selfies dela pode ter ido POR ÁGUA ABAIXO. Graças a você!" Ele sorriu.

"Mas a minha reputação está destruída! Agora vai circular mais um boato horrível de que eu sou tão cruel que AFOGUEI o celular dela! Então, tema! Tema MUITO!", eu ri.

"Bom, eu não queria que você fosse embora sem me desculpar pelo jeito como todo mundo agiu no almoço hoje. A gente só ficou decepcionado por saber que você não iria à nossa reunião. Mas queremos agradecer por você ter ficado do nosso lado e por ter nos ajudado a salvar o clube. Pena que as coisas não saíram conforme o planejado", o Patrick explicou.

"Sem problemas. Desculpas aceitas. Mas, cara! Está na hora de vocês pararem de brincar de sabre de luz durante as reuniões", provoquei. "Nós temos uma festa no clube de ciências amanhã. E vai ser DEMAIS! Então reúna o pessoal e mãos à obra!"

☺!!

SEXTA-FEIRA, 16 DE MAIO — 16H05
NO LABORATÓRIO DE CIÊNCIAS

Hoje foi o meu ÚLTIMO dia na CNH, e a minha agenda estava lotada.

A Tiffany não dirigiu a palavra a mim o dia todo. Acho que é porque eu tenho um vídeo com ela confessando todas as suas falcatruas e tendo um chilique na fonte da escola. Apesar de sua maquiagem estar impecável, tenho certeza de que ela não quer colocar o MEU vídeo no blog de moda dela ☺!!

Acho que a MacKenzie e eu agora somos INIAMIGAS! O que é um pequeno progresso em relação a quando éramos INIMIGAS MORTAIS que se ODIAVAM. Mas, ei, pelo menos é um progresso!

Como o Patrick e o restante do pessoal são meus amigos, decidi que ajudá-los a salvar o clube de ciências era o mais importante. Nós combinamos de nos encontrar na escola uma hora mais cedo, para espalhar os formulários de inscrição e colar os cartazes, o que ajudaria a criar uma expectativa boa em relação ao clube.

Encontrei a Chase na sala de artes e fiquei bem impressionada com os cartazes que ela criou...

Fiquei feliz ao ver que os nossos cartazes descolados estavam chamando muita atenção nos corredores.

Minha reunião com a madame Danielle para falar da viagem para Paris seria ao meio-dia, e eu estava uma pilha de nervos.

Ela começou dizendo que havia gostado da minha participação em sua aula de francês e que tinha ouvido outros professores falarem muito de mim, principalmente o sr. Winter.

Eu estremeci e me preparei para a notícia de que havia sido desqualificada para a viagem.

Então ela disse que o Patrick e a Sofia tinham encontrado o professor Winter para explicar que eu não havia roubado o plano de aula dele e que, se eu soubesse que o documento estava na minha mochila, teria devolvido a ele na hora.

Ele acreditou, pois o plano de aula já vinha sendo roubado meses antes da minha chegada. Então agora o professor Winter vai me recomendar para a viagem, assim como o meu professor de francês no WCD!

Para a minha surpresa, a reunião foi muito bem...

MADAME DANIELLE DISSE QUE INFORMARIA AOS ALUNOS SUA DECISÃO SOBRE A VIAGEM PARA PARIS DENTRO DE TRÊS SEMANAS!

A professora também explicou que, por causa das minhas habilidades artísticas, ela acredita que eu vou aproveitar mais a visita ao Louvre do que o restante dos alunos.

Então, agora, estou bem feliz! Apesar da minha semana DESASTROSA, eu AINDA tenho uma boa chance de ser premiada com a viagem para Paris!

^^^^^^^^^
EEEEEEEEÊ ☺!!

Quando o último sinal tocou, desci correndo até o laboratório. A sala estava decorada com balões coloridos e com o banner do clube de ciências.

Havia uma mesa com muita comida e música tocando alto.

Apesar de estarmos BEM nervosos, tudo estava pronto.

Respirei aliviada quando abrimos a porta do laboratório e uma longa fila de alunos animados correu para dentro...

Nossa festa para conseguir novos inscritos para o clube de ciências foi um enorme sucesso!! Todo mundo AMOU os brindes: óculos de sol MUITO legais que os alunos podiam levar para casa.

E os cupcakes que eu comprei na CupCakery estavam UMA DELÍCIA!

A trilha sonora estava muito divertida. E, sempre que tocava a nossa canção-tema, "She Blinded Me with Science", todo mundo ia à LOUCURA!

E, MEU DEUS, a Chase dança muito bem! A Sofia disse que ela dança em competições e já ganhou um monte de troféus.

Acabamos com dezesseis novos inscritos, totalizando vinte e dois membros! E, para agradecer, eles me deram o título de membro honorário do clube! ÊÊÊÊÊ ☺!!

Quando chegou a hora de discutir as atividades do clube para o próximo ano, não pude deixar de fazer uma piadinha. "Quem for a favor de encenações de luta com sabre de luz dos filmes da saga Star Wars, levante a mão direita!", eu disse, toda séria.

Claro que as únicas pessoas que ergueram a mão foram Patrick, Drake, Lee e Mario.

"Certo! Agora, usem essa mão para dar um tapa na PRÓPRIA TESTA!", brinquei.

Todo mundo na sala riu muito, incluindo os meninos. Acho que eles entenderam o que eu queria dizer.

Em pouco tempo, chegou a hora de me despedir, e nós nos abraçamos e prometemos manter contato.

Minha semana na Colinas de North Hampton acabou sendo melhor do que eu imaginei. Mas eu estava começando a pensar que o problema da Tiffany pudesse ser CONTAGIOSO. Por quê?

Porque foi MINHA a ideia de tirar uma SELFIE COMEMORATIVA comigo e os vinte e dois membros do novo clube de ciências! Eu NUNCA queria esquecer os momentos maravilhosos que vivemos cegos pela ciência!

☺!!

SEXTA-FEIRA, 17H30
EM CASA

AI, MEU DEUS! Não acredito que SOBREVIVI ao programa de intercâmbio estudantil na Academia Internacional Colinas de North Hampton!

^^^^^^^^^^^
ÉÉÉÉÉÉÉÉÉÉÉ ☺!!

Apesar de o evento do clube de ciências ter sido um enorme sucesso, meus últimos minutos na CNH acabaram sendo um DRAMA completo! Eu tinha acabado de esvaziar meu armário e estava indo para a secretaria entregar minha identificação de aluno quando percebi um grupo grande de estudantes reunidos em frente a um armário no corredor.

Como o time de futebol da CNH estava disputando um campeonato, um bom número de alunos tinha permanecido na escola depois das aulas para o jogo. Curiosa, atravessei o corredor para ver o que estava acontecendo.

AI, MEU DEUS! Na mesma hora tive um caso sinistro de déjà-vu...

ALGUÉM TINHA PICHADO UM ARMÁRIO!

O mais chocante era que exatamente as mesmas palavras tinham sido pichadas no meu armário no WCD em outubro do ano passado.

Meu pai é exterminador de insetos e presta serviço para a minha escola, o Westchester Country Day. Ele conseguiu que eu estudasse lá com uma bolsa de estudos integral.

Infelizmente, a MacKenzie descobriu meu segredo obscuro e começou a me infernizar.

Então, quando alguém escreveu "GAROTA INSETO" no MEU armário com gloss vermelho, a MacKenzie foi a PRIMEIRA E ÚNICA suspeita.

Mas POR QUE alguém escreveria isso no armário de um aluno da CNH?

Assim que o dono do armário apareceu, as pessoas se afastaram depressa.

Foi quando o fiasco todo finalmente começou a fazer sentido. Fiquei surpresa ao descobrir que o armário pertencia a...

198

MACKENZIE HOLLISTER?! . . .

MACKENZIE ENLOUQUECIDA AO VER A PICHAÇÃO NO ARMÁRIO DELA!

Logo desconfiei da Tiffany, porque ela nos ALERTOU para ficar "espertas" na confusão de ontem. E a MacKenzie tinha admitido que a Tiffany ficou zoando com a cara dela por causa do vídeo com o INSETO no cabelo, quando ela começou a estudar na CNH.

Eu me senti MUITO mal pela MacKenzie, que estava visivelmente chateada. Mas também fiquei me perguntando se ela se lembrava de ter pichado o MEU armário com as mesmas palavras cruéis.

Ela finalmente estava provando do PRÓPRIO veneno e, para ser sincera, ela merecia aquilo.

Mas suas atitudes maldosas fizeram com que eu me sentisse magoada e sozinha, na época. Por isso, decidi ser amiga dela, não iniamiga.

"MacKenzie, você está bem? Isso foi muito cruel", falei. "Sinto muito por você ter que passar por isso!"

Ela se virou lentamente para mim, com lágrimas escorrendo pelo rosto...

MACKENZIE ME ACUSANDO DE TER PICHADO O ARMÁRIO DELA!

"Escuta aqui, MacKenzie!", exclamei. "Sei que você está brava. Mas eu NUNCA chegaria a esse ponto tão baixo para magoar você ou quem quer que fosse!"

"Eu não acredito nem por um segundo! Você veio para a CNH só para me humilhar!", ela gritou.

Por mais que eu tentasse explicar que era inocente, ela se recusava a acreditar em mim.

De repente, a Tiffany apareceu do nada.

"Oi, Nikki e MacKenzie, aconteceu alguma coisa? Vocês duas não parecem mais melhores amigas. Ai, meu Deus, MacKenzie! Alguém pichou o seu armário? Quem será que ODEIA você tanto assim?", ela perguntou, piscando, toda inocente. "Bom, eu adoraria conversar com você, mas preciso voltar para o campeonato de futebol. Divirta-se!"

Sem dúvida, tenho que dar crédito para a Tiffany por ser um gênio do mal. Ela provavelmente ouviu o boato maluco de que eu tinha escrito "GAROTA INSETO" no armário da MacKenzie no WCD.

E fazer a mesma coisa no armário dela na CNH foi a armação PERFEITA!

A Tiffany tinha se vingado de mim e da MacKenzie, dando início à Terceira Guerra Mundial!!

Nossa nova "amizade" mal durou um dia. E, ironicamente, agora NÓS DUAS tínhamos sido ridicularizadas como GAROTAS INSETO.

Eu suspirei e fui embora.

Entregar minha identificação de aluno na secretaria da CNH me trouxe uma sensação agridoce, porque eu já estava começando a sentir saudade dos meus novos amigos.

Mas isso também significava voltar para a minha vida maravilhosa no WCD e reencontrar meus amigos queridos que me adoravam.

AI, MEU DEUS! Mal posso esperar para chegar lá na segunda-feira!

☺!!

SÁBADO, 17 DE MAIO — 16H45
NO MEU QUARTO

Eu estava tão exausta física e mentalmente, depois da minha semana na CNH, que poderia dormir PARA SEMPRE!

Finalmente me arrastei para fora da cama perto do meio-dia, porque prometi à Brianna que passaria a tarde na cozinha com ela para ajudá-la a conseguir sua medalha de cozinheira.

DE NOVO ☹!!

Eu estava almoçando e folheando o caderno de receitas da minha mãe à procura de lanches rápidos e fáceis quando recebi uma mensagem do Brandon.

BRANDON: E aí, como foi a semana em Hogwarts? Adorei o uniforme engomadinho (HAHA)!

NIKKI: Foi boa. Estou louca para voltar para o WCD. E como foram as coisas no South Ridge?

BRANDON: Foi divertido passar um tempo com o Max C. Ele é um cara bem legal. O Oliver, irmão mais novo dele, e a Brianna são amigos?

NIKKI: São! Estou tentando ajudar a Brianna a ganhar a medalha de cozinheira das escoteiras. Você tem alguma ideia boa de petisco fácil e à prova de pirralhas?

BRANDON: Que tal pipoca caramelizada? É uma delícia!

NIKKI: Pipoca caramelizada?! Tá de brincadeira? Complicado demais.

BRANDON: Não! É fácil, fácil. Até eu consigo fazer, e cozinho mal. Aliás, fiz ontem à noite.

NIKKI: Sério?! Quais são os ingredientes?

BRANDON: Só pipoca e bala de caramelo. É feita no micro-ondas.

NIKKI: Só isso?! Que legal! Já volto...

NIKKI: Temos pipoca ☺! Mas não bala de caramelo ☹!

BRANDON: Eu tenho um pacote de bala. Vou levar aí.

NIKKI: Você vai vir na minha casa? AGORA?!!

NIKKI: Brandon?

NIKKI: Ei, vc tá aí?!

NIKKI: Vamos fazer sanduíche de geleia e pasta de amendoim.

NIKKI: ?????? ☹!!

Fiquei um pouco preocupada quando o Brandon desapareceu daquele jeito enquanto trocávamos mensagens.

Uns quinze minutos depois, ouvi batidas na porta da frente. E, quando abri, o Brandon estava ali com um saco de balas de caramelo.

"Você disse que precisava de bala, né?" Ele sorriu. "E, já que estou aqui, vou ensinar a minha receita de pipoca caramelizada e ajudar vocês."

O Brandon disse que sua receita SUPERfácil tinha apenas três passos: (1) derreter vinte e oito balas de caramelo com duas colheres de água no micro-ondas para fazer a calda; (2) estourar um saco de pipoca; e (3) misturar tudo, moldar bolinhas e COMER!

Segundo ele, era uma receita criativa e à prova de erros, que ele conseguia fazer de olhos fechados. Mas será que era à prova de Brianna?

Ela estava animada para fazer pipoca caramelizada! E o Brandon e eu estávamos animados para ficar juntos depois de uma semana separados. Mas, assim que o Brandon preparou a calda de caramelo, a Brianna começou a ficar chatinha e a nos dar ordens, toda mandona...

O BRANDON E EU, AJUDANDO A BRIANNA A FAZER PIPOCA CARAMELIZADA!

"Olha, Brianna, enquanto o Brandon mexe a calda de caramelo, VOCÊ faz a pipoca no micro-ondas. Não é DIVERTIDO?!", sugeri, animada.

"NÃO! EU QUERO MEXER A CALDA DE CARAMELO!" Ela fez bico.

"Você é MUITO boa em fazer pipoca. Então essa é a SUA tarefa", falei, séria.

Li as instruções na caixa da pipoca em voz alta: "Coloque UM saco de pipoca no micro-ondas. Ajuste o aparelho para funcionar por QUATRO minutos. Rende TRÊS porções".

"Tá bom, eu faço a DROGA da pipoca!", a Brianna resmungou, por fim. "Mas, assim que terminar, vou MEXER o caramelo e também PROVAR! Você NÃO manda em MIM!"

Aí ela mostrou a língua para mim. Fiquei MORRENDO de vergonha por ela estar agindo feito uma PENTELHA na frente do Brandon.

Entreguei a caixa de pipoca para ela. "Se precisar de ajuda, me chama."

Em pouco tempo, a calda de caramelo ficou pronta e estava esfriando em cima do balcão, e a pipoca estava estourando no micro-ondas. O cheiro doce e salgado misturado na cozinha estava delicioso!

Cozinhar com o Brandon até que era... hum... ROMÂNTICO! ÊÊÊÊÊÊÊÊÊÊÊ ☺!!

Ele olhou para mim com um sorriso, e eu retribuí o olhar e sorri. Essa troca de olhares e de sorrisos continuou por, tipo, UMA ETERNIDADE!

Até sermos GROSSEIRAMENTE interrompidos pela Brianna. Ela estava toda contente mexendo o caramelo e cantarolando baixinho. De repente ela decidiu provar um pouco, então levou a tigela enorme à boca e a inclinou.

"Brianna! O QUE você está fazendo?!", perguntei, ofegante. "Largue a tigela agora mesmo, antes que você..."

Foi quando ela disse: "OPS!!"

O Brandon e eu olhamos aterrorizados enquanto... PLOFT! A calda de caramelo escorria lentamente pela blusa dela, até cobri-la inteira com aquela MELECA grudenta!

BRIANNA NUMA SITUAÇÃO MELEQUENTA

QUE MARAVILHA ☹!! Peguei algumas toalhas de papel e estava prestes a limpar minha irmã quando ouvimos um barulho bem alto vindo do micro-ondas.

POP-POP! POP-POP-POP! POP! POP! POP-POP! POP-POP-POP! POP-POP! POP! POP-POP! POP! POP! POP-POP! POP-POP-POP!

"Por que parece que fogos de artifício estão estourando aqui dentro?", perguntei, espiando o micro-ondas e notando que ele estava repleto de pipoca. "Brianna, O QUE você fez?!"

"Fiz exatamente o que VOCÊ disse. Coloquei QUATRO sacos de pipoca por TRÊS minutos para fazer UMA porção!", ela gritou para mim.

"NÃÃÃO! As instruções diziam UM saco por QUATRO minutos para fazer TRÊS porções!", retruquei.

"OPS!!", ela resmungou de novo.

Apertei o botão de parar e abri a porta do micro-ondas. Fiquei chocada e surpresa quando...

212

BRIANNA E EU SOMOS PRATICAMENTE SOTERRADAS POR UMA AVALANCHE DE PIPOCA!!

Que DESASTRE! Demoramos uma hora para limpar a BAGUNÇA enorme que a Brianna tinha feito.

Ela bem que TENTOU ajudar! Mas, como ainda estava coberta de calda de caramelo grudenta, acabou virando uma bola gigante de pipoca e coisas de cozinha!...

BRIANNA, A PIPOCA CARAMELIZADA HUMANA!

Mas pelo menos ela era uma pipoca caramelizada humana DELICIOSA...

BRIANNA FAZENDO UM LANCHINHO!

Para a sorte da Brianna, o Brandon conseguiu salvar uma xícara de calda de caramelo que sobrou na tigela, e eu encontrei um monte de pipoca ainda dentro do micro-ondas.

Assim, ela conseguiu fazer uma dúzia de bolinhas de pipoca caramelizada, que levou à reunião das escoteiras naquela tarde!...

BOLINHAS DE PIPOCA CARAMELIZADA DA BRIANNA

Quando minha irmã chegou em casa, contou, toda animada, que TODO MUNDO na reunião ADOROU suas bolinhas de pipoca caramelizada e implorou por MAIS!

Então ela me mostrou sua medalha de cozinheira novinha em folha!...

A NOVA MEDALHA DE COZINHEIRA DA BRIANNA

Dei os parabéns à minha irmãzinha e disse que estava muito orgulhosa por ela NÃO ter desistido.

Então dei um abraço nela.

Eu também estava orgulhosa de mim, por ser uma irmã mais velha madura, paciente e que incentiva a caçula ☺!

ATÉ a Brianna me pedir para ajudá-la a ganhar a medalha de chef gourmet. Ela só precisaria planejar, preparar e servir um jantar gourmet formal de quatro pratos para seis pessoas.

Foi quando subi as escadas correndo e GRITANDO, me tranquei no quarto e me escondi dentro do meu armário.

Desculpa, mas cozinhar com a Brianna é uma atividade arriscada e perigosa, e, sério, eu NUNCA MAIS vou fazer isso ☹!!

A menos, é claro, que o BRANDON seja o chef assistente dela!

^^^^^^^^^
EEEEEEEEE!!

!!!

SEGUNDA-FEIRA, 19 DE MAIO — 9H50
NO MEU ARMÁRIO

AI, MEU DEUS! Eu estava TÃO feliz por ter voltado para o WCD! Minha vontade era sair BEIJANDO tudo!

Tipo as paredes, o chão, meu armário, meus livros e meu PAQUERA muito fofo, o Brandon!

^^^^^^^^^^^
ÊÊÊÊÊÊÊÊÊÊÊ ☺!

Todo mundo tinha histórias legais para contar sobre as escolas que frequentaram e as novas amizades que fizeram.

O Brandon, a Chloe e a Zoey curtiram muito ir para o South Ridge e passar um tempo com o Max C.

Claro que eu me gabei por ter organizado uma festa ENORME para meus vinte e dois novos amigos na CNH e mostrei as fotos da reunião do clube de ciências.

Todo mundo ficou bem impressionado por eu ser tão sociável.

Enfim, meu dia foi PERFEITO! Até eu receber um e-mail muito esquisito e aparentemente ameaçador do diretor Winston:

Seg 19/05

DE: Diretor Winston
PARA: Nikki Maxwell
ASSUNTO: MacKenzie Hollister

Cara Nikki Maxwell,

Escrevo para notificá-la que MacKenzie Hollister solicitou uma reunião de emergência em meu escritório na terça-feira, 20 de maio, às 10 horas, a respeito de assuntos pessoais envolvendo você.

Por favor, compareça pontualmente.

Obrigado,
Diretor Winston

QUE MARAVILHA ☹!!

Na sexta, ficou bem óbvio que a MacKenzie e a Tiffany ainda estavam em pé de guerra.

Mas POR QUE isso ME envolvia, e na MINHA escola?

Pensei que todo o drama na CNH tivesse sido resolvido.

Foi quando me lembrei do último dia da MacKenzie no WCD, há cerca de um mês.

Ela tinha ameaçado fazer uma reclamação formal contra mim, me acusando (falsamente) de praticar bullying virtual contra ela.

Mas POR QUE ela faria isso AGORA?!

Eu não sabia a resposta, e não importava muito.

Eu estava prestes a enfrentar o meu pior pesadelo.

221

TERÇA-FEIRA, 20 DE MAIO — MEIO-DIA
NO MEU ARMÁRIO

Hoje de manhã era a minha reunião com o diretor Winston e a MacKenzie, e eu estava uma pilha de nervos ☹!

"Então é isso que eu ganho por ajudar aquela rainha do drama a tirar um inseto do cabelo?", falei, irada, ao caminhar para a sala da direção. "NUNCA MAIS vou ajudar!"

Em abril, uma das amigas falsianes da MacKenzie a filmou tendo um CHILIQUE por causa de um inseto que se enroscou no cabelo dela e depois enviou o vídeo para algumas pessoas.

O vídeo circulou pela escola toda, e um dia, durante o almoço, a MacKenzie pegou suas amigas GDPs assistindo e rindo pelas costas dela.

A MacKenzie ficou tão brava e se sentiu tão humilhada que brigou com sua melhor amiga, a Jessica, e exigiu que seus pais a transferissem para outra escola.

Quando eles disseram não, a MacKenzie decidiu adotar medidas drásticas. Anonimamente, ela postou o vídeo do inseto no YouTube...

MACKENZIE POSTA O VÍDEO
DO INSETO NA INTERNET!

Então ela MENTIU para os pais, dizendo que a situação tinha se tornado mais séria, porque Nikki Maxwell (EU?!) havia postado o vídeo na internet e estava fazendo bullying virtual com ela.

E aí ela IMPLOROU que os pais a transferissem para a Academia Internacional Colinas de North Hampton!

Depois de seu surto FALSO, com direito a choro histérico digno do Oscar, seus pais, preocupados, concordaram em mandá-la para outra escola.

É triste, mas é verdade. MacKenzie Hollister é uma pessoa tão cruel e maliciosa que fez bullying virtual contra SI MESMA!

Enfim, quando eu cheguei à diretoria para nossa reunião hoje cedo, a MacKenzie já estava ali, passando gloss labial. A secretária estava no horário de almoço, e a porta da sala do diretor Winston estava fechada.

"Oi, MacKenzie!", cumprimentei, sem jeito.

Ela me fuzilou com o olhar, como se eu fosse uma coisa grande, verde e melequenta que ela tivesse acabado de assoar num lenço.

Decidi tentar argumentar com ela uma última vez.

"Por que você está fazendo isso, MacKenzie?! Não faz o menor sentido!"

"Na verdade, eu tenho DOIS motivos muito bons! Primeiro: se você for expulsa por bullying virtual, todo mundo na CNH vai acreditar que eu estava dizendo a verdade e que VOCÊ estava mentindo. Segundo: a Tiffany agora te ODEIA tanto quanto eu, principalmente depois de você ter acabado com a ideia do amado clube de selfies dela. Quando eu FINALMENTE me vingar de você, ela vai me ADORAR e vamos virar melhores amigas!"

"Você seria capaz de CONFIAR na Tiffany como melhor amiga?!"

"Claro que NÃO! Só vou FINGIR que sou amiga dela... até apunhalá-la pelas costas, espalhar que ela é uma esquisita viciada em selfies, colocar todas as meninas contra ela E roubar o título de RAINHA da escola! É tudo parte do meu plano cuidadosamente construído!"

"Vamos ver se eu entendi, MacKenzie. Você quer MENTIR a meu respeito e DESTRUIR a minha vida só para andar com uma garota popular na CNH?"

"CLARO QUE SIM! Mas não leve para o lado pessoal, queridinha! Eu entendo que tudo isso provavelmente é MINHA culpa. Só que você não faz ideia de como foi ESTRESSANTE e HUMILHANTE ficar com aquele INSETO enorme e nojento preso no meu cabelo."

Ficou bem óbvio que a garota estava fora da realidade e mais CHEIA DE SI do que um balão do tamanho de New Jersey!

"Desculpa, MacKenzie! Mas, como alguém que já sofreu bullying virtual de verdade — graças a VOCÊ, aliás —, tenho um conselho muito importante para lhe dar. Vê se SUPERA!!!"

"Eu vou superar. Assim que você for EXPULSA!!", ela retrucou. "Só preciso convencer aquele sem noção do

226

diretor Winston de que você é culpada. Ele vai acreditar em qualquer coisa que eu disser!"

Observei, sem poder acreditar, quando a MacKenzie pegou um espelho na bolsa e começou a ensaiar sua CARA DE CHORO!

"Diretor Winston!", ela soluçou com falsidade. "A Nikki está me perseguindo, e isso é horrível! Eu vi com meus próprios olhos quando ela postou aquele vídeo! Por favor, ME AJUDE!!..."

MACKENZIE ENSAIANDO O CHORO FORÇADO

"E VOCÊ é uma MENTIROSA compulsiva!", rebati.

"Você diz isso como se fosse RUIM!", ela sorriu.

De repente, a porta da sala se abriu e uma moça vestindo roupas fofas e estilosas entrou, com um cinegrafista logo atrás.

A MacKenzie e eu trocamos olhares curiosos.

"O que você fez, MacKenzie?! Chamou uma rede de NOTÍCIAS?!", reclamei.

"Não, eu não fiz nada!", ela respondeu. "Não faço ideia de por que eles estão aqui."

"Com licença! Vocês têm um minuto?", a repórter perguntou. "Nós somos da Teen TV!"

"Teen TV?!", a MacKenzie gritou. "Vocês vão filmar aqui na escola? Se forem, preciso passar meu gloss de alta definição!"

228

"Bom, depende", respondeu a repórter. "Estamos aqui para saber mais sobre um vídeo que foi postado na internet no dia 21 de abril. De uma garota com um inseto preso no..."

"AI, MEU DEUS, Nikki! Você enviou aquele vídeo humilhante do inseto para a Teen TV?!", a MacKenzie berrou. "Por que você está tentando ARRUINAR a minha vida?! Eu vou me trancar no almoxarifado até eles irem embora."

Aí, ela me EMPURROU com grosseria em direção à repórter.

"Entreviste a NIKKI. É TUDO culpa dela. Mas tome cuidado. Ela é tão FEIA que pode QUEBRAR a câmera!", a MacKenzie disse com desdém.

"Me EMPURRE desse jeito de novo, minha filha, e você vai ver como eu sei ficar FEIA!", respondi, irritada.

Mas eu disse isso dentro da minha cabeça, então só eu mesma escutei.

Como a secretária ainda estava em horário de almoço, o diretor Winston estava em sua sala e a MacKenzie tinha praticamente feito uma barricada dentro do almoxarifado, eu suspirei e acabei concordando em conversar com a repórter.

"Estamos procurando uma aluna chamada Nikki Maxwell", a repórter disse. "Você conhece? Quando telefonamos ontem, uma aluna assistente da diretoria, chamada Jessica, nos deu o nome dela."

"Na verdade, ela sou EU! Ou melhor, eu sou ELA! O que estou tentando dizer é que eu sou a Nikki Maxwell", falei, sem coerência alguma.

"Ótimo!", a moça respondeu. "Vamos filmar, Steve!", ela gritou para o cinegrafista. "Aqui é Jade Santana, ao vivo, com uma notícia exclusiva pela Teen TV!"

Apesar de eu ter aparecido na televisão alguns meses atrás (é uma longa história, de outro diário!), me remexi, incomodada, e sorri sem jeito para a câmera.

Tive que me controlar para não pegar o cesto de lixo mais próximo, enfiar na cabeça e sair correndo da sala, GRITANDO!

A repórter continuou: "Estou aqui com Nikki Maxwell, a mente criativa por trás do vídeo VIRAL que se espalhou pelo país todo... o TREME-TREME DO INSETO!", Jade exclamou. "Parabéns, Nikki! Você acaba de ser indicada ao Prêmio Teen TV de Melhor Viral do Ano!! Como se sente?"

Foi quando a porta do almoxarifado se abriu lentamente.

E a MacKenzie, muito chocada e surpresa, espiou para fora com cuidado.

"Como eu me sinto? Hum... MUITO confusa!", murmurei. "Será que dá para repetir, por favor? Não sei bem se entendi tudo o que você acabou de dizer!"

"Bom, Nikki, adolescentes do mundo inteiro se manifestaram. E eles AMARAM o seu vídeo!", Jade falou. "Você esperava que se tornasse viral?"

231

EU, SENDO ENTREVISTADA PELA TEEN TV PELO MELHOR VIRAL DO ANO!!

De repente, minha entrevista com Jade foi GROSSEIRAMENTE interrompida.

"PARE! Você deveria estar ME entrevistando, não ELA!!", a MacKenzie gritou e pulou na minha frente. "EU sou a VERDADEIRA ESTRELA daquele vídeo!"

Então ela chegou bem perto da câmera e fez um BICO DE PATO. A garota não se toca!

"Desculpa! Mas QUEM é você mesmo?", Jade franziu o cenho.

"MACKENZIE HOLLISTER! Fui eu que postei o vídeo do... como você disse mesmo?... Treme-Treme do Inseto que se espalhou pelo país! NÃO essa FORÇADA ridícula!", ela disse, apontando para mim.

"Espere aí, MacKenzie! Faz um mês que você está espalhando boatos horríveis, dizendo para TODO MUNDO que eu postei o vídeo do inseto!", exclamei. "AGORA você vai MUDAR a história?!"

"Nikki, você acha mesmo que eu vou ficar aqui feito uma idiota e deixar VOCÊ levar o crédito por todo o MEU trabalho árduo?!", a MacKenzie gritou. "CAI FORA, GAROTA!"

Jade e o cinegrafista se entreolharam, confusos. "Olha, meninas, vocês vão ter que resolver esse impasse, e rápido. Vamos entrar ao vivo para terminar este bloco em sessenta... não, em cinquenta segundos!", disse ela, olhando para o relógio.

Eu nem conseguia acreditar que FINALMENTE teria a chance de ACABAR com aquele PESADELO de uma vez por todas.

"Então, me deixa tentar entender, MacKenzie! Você está disposta a admitir em rede nacional que foi VOCÊ quem publicou o vídeo e que eu não tive absolutamente nada a ver com isso?", perguntei.

"SIM! Você entendeu bem", ela rosnou. "Admita logo! Você QUERIA ter INSETOS no cabelo como eu. Só que este é o MEU momento! Pare de tentar aparecer mais que eu, sua FORÇADA sem talento!"

"Olá, eu sou a Jade e voltamos ao vivo pela Teen TV! Então, MacKenzie, nos conte como você criou o conceito do seu vídeo incrível"...

234

MACKENZIE SENDO ENTREVISTADA PELA TEEN TV A RESPEITO DO VÍDEO VIRAL!

"Quando a pessoa é um GÊNIO como eu, acontece naturalmente! Um dia, eu estava limpando os chuveiros do vestiário feminino quando uma ideia, hum... rastejou para a minha cabeça. E depois, durante a aula, ela se enroscou no meu cabelo e, hum... se tornou uma inspiração. Eu acabei até chorando. Lágrimas de alegria! E aí, para expressar toda a emoção que eu estava sentindo, comecei a gritar. E a pular também! Depois, cheguei a vomitar jatos de... hum... paixão! Eu simplesmente precisava divulgar o meu vídeo e dividi-lo com o mundo inteiro, por isso postei. E o resto, Jade, todo mundo já sabe!", a MacKenzie disse, mais dramática do que nunca.

Eu NÃO conseguia acreditar que a garota tinha acabado de confessar tudo em rede nacional! Respirei aliviada e continuei assistindo ao show de horrores da MacKenzie.

"E então, quais são seus planos para o futuro?", Jade perguntou.

"Bom, estou aberta a convites para participação especial em todos os programas de dança mais famosos da TV. Minha ideia é revolucionar a internet com a minha dança inovadora, e acho que estou no caminho certo para conseguir isso!"

"Nossa, isso foi TÃO profundo!", Jade disse. "Você pode nos contar quem é o artista da dança que mais te inspira?"

"NENHUM deles! A maioria dos dançarinos se inspira em MIM!", a MacKenzie se gabou.

Talvez o brilho das luzes da câmera estivesse afetando meus olhos. Mas, enquanto eu assistia à entrevista da MacKenzie, a cabeça dela parecia ficar cada vez maior!

AI, MEU DEUS! O EGO dela era tão enorme que tinha até estrias.

Eu só esperava que ela terminasse a entrevista antes que sua cabeça EXPLODISSE ao vivo na TV!

BUUUM!!

Depois que a entrevista na Teen TV terminou, vários alunos se aglomeraram, animados, nos corredores e cercaram a MacKenzie...

O FÃ-CLUBE DA MACKENZIE

Eles imploraram por um autógrafo e tiraram selfies com ela, como se ela fosse uma celebridade do mais alto escalão de Hollywood ou algo assim.

Graças à FAMA recém-adquirida da MacKenzie, ela decidiu CANCELAR a reunião com o diretor Winston!!

O que quer dizer que eu não preciso mais ter medo de ser expulsa da escola por causa de uma falsa acusação de bullying virtual. Como a MacKenzie confessou em rede nacional que ELA postou o vídeo do inseto, o DRAMA acabou!

PARA SEMPRE!!
^^^^^^^^^^
EEEEEEEEEE!!

☺!!

TERÇA-FEIRA, 14H50
NO MEU ARMÁRIO

AI, MEU DEUS! Estou TÃO aliviada! É como se uma tonelada FINALMENTE fosse tirada dos meus ombros.

Eu acabei sobrevivendo ao programa de intercâmbio estudantil na Colinas de North Hampton.

AINDA estou concorrendo à viagem incrível para Paris.

Aquela DIVA viciada em selfies, Tiffany Blaine Davenport, está fora da minha vida PARA SEMPRE!

E o FIASCO do bullying virtual da MacKenzie finalmente acabou.

Mas, quando a Chloe, a Zoey e eu passamos pela secretaria depois do almoço, vimos a coisa MAIS ESTRANHA.

A MacKenzie estava procurando algo desesperadamente na caixa de achados e perdidos, como se tivesse perdido a CABEÇA! E a Jessica estava ajudando...

240

MACKENZIE PROCURA SEU DIÁRIO PERDIDO!

Foi quando eu lembrei que ela tinha PERDIDO o seu diário com capa de oncinha e NÃO o encontrou. Só que na verdade era o MEU DIÁRIO, que ela tinha ROUBADO e disfarçado com uma capa com estampa de oncinha (outra LONGA história)! Pelo menos eu o consegui de volta!

Enfim, é oficial. A MacKenzie anunciou que está saindo da CNH para VOLTAR para o WCD!

Isso provavelmente quer dizer que ela me ODEIA menos do que ODEIA a Tiffany.

E, como o vídeo dela se tornou viral, ela retomou o trono de rainha das GDPs.

De acordo com a fofoca mais recente, a MacKenzie e a Jessica voltaram a ser melhores amigas. E já estão planejando fazer a continuação do vídeo do inseto.

Infelizmente para mim, a MacKenzie pegou de volta o armário ao LADO do MEU.

QUE MARAVILHA ☹!!

A MacKenzie ficou fora da escola durante CINCO semanas e voltou há apenas algumas horas.

Mas parece que ela NUNCA foi embora!

Eu realmente espero que a experiência dela na Academia Internacional Colinas de North Hampton tenha lhe ensinado uma lição importante e que ela mude para melhor.

Mas, na minha opinião... isso NÃO VAI acontecer ☹!

Fico contente por estar de volta ao WCD e poder ficar com os meus amigos, a Chloe, a Zoey e o Brandon.

E, apesar de a MINHA vida estar longe de ser perfeita, estou MUITO feliz por FINALMENTE tê-la de volta.

POR QUÊ? Porque...

Eu sou MUITO TONTA!!

☺!!

AGRADECIMENTOS

Liesa Abrams Mignogna, minha diretora editorial INCRÍVEL, obrigada pela paciência e o apoio de sempre. Você tem a habilidade singular de ouvir a voz da Nikki antes mesmo de ela dizer uma única palavra.

Agradecimentos especiais a Karin Paprocki, minha diretora de arte BRILHANTE e CRIATIVA, e à minha editora ESPETACULAR, Katherine Devendorf. Obrigada por tudo que vocês fazem! Sua orientação e sua ajuda são sempre muito valiosas.

Daniel Lazar, meu EXTRAORDINÁRIO agente na Writers House, obrigada pela amizade, pelo apoio e por ajudar a série Diário de uma Garota Nada Popular a se tornar um best-seller internacional.

Agradecimentos especiais à minha equipe Nada Popular na Aladdin/Simon & Schuster: Mara Anastas, Mary Marotta, Jon Anderson, Julie Doebler, Faye Bi, Carolyn Swerdloff, Lucille Rettino, Matt Pantoliano, Tara Grieco, Catherine Hayden, Michelle Leo, Candace McManus, Anthony Parisi, Christina Solazzo, Lauren Forte, Jenica

Nasworthy, Kayley Hoffman, Matt Jackson, Ellen Grafton, Jenn Rothkin, Ian Reilly, Christina Pecorale, Gary Urda e toda a equipe de vendas. Vocês são DEMAIS!

A Torie Doherty-Munro, da Writers House; às minhas agentes de direitos estrangeiros, Maja Nikolic, Cecilia de la Campa e Angharad Kowal; e a Deena, Zoé, Marie e Joy — obrigada por me ajudarem a tornar o mundo Nada Popular!

Por fim, mas não menos importante, à minha coautora supertalentosa, Erin; à minha ilustradora supertalentosa, Nikki; a Kim Doris e a toda a minha família. Amo muito vocês!

Lembre-se sempre de deixar o seu lado NADA POPULAR brilhar!

Rachel Renée Russell é autora número um na lista de livros mais vendidos do *New York Times* pela série de sucesso Diário de uma Garota Nada Popular e pela nova série Desventuras de um Garoto Nada Comum.

Rachel tem mais de trinta milhões de livros impressos pelo mundo, traduzidos para trinta e sete idiomas.

Ela adora trabalhar com suas duas filhas, Erin e Nikki, que a ajudam a escrever e a ilustrar seus livros.

A mensagem da Rachel é: "Sempre deixe o seu lado nada popular brilhar!"

Rachel Renée Russell

DIÁRIO
de uma garota nada popular

Série best-seller do New York Times

Você já leu TODOS os diários da Nikki?

A DICA MAIS IMPORTANTE DE NIKKI MAXWELL:

 Sempre deixe seu lado
NADA POPULAR
 brilhar!

Há um garoto nada comum na área! Confira a seguir um trecho das desventuras de Max Crumbly, o novo amigo do Brandon e da Nikki!

1. MINHA VIDA SECRETA DE SUPER-~~HERÓI~~ ZERO

Se eu tivesse SUPERPODERES, a vida no ensino fundamental II não seria uma DROGA.

Eu NUNCA mais perderia aquele ônibus idiota outra vez, porque simplesmente VOARIA para o colégio!...

DEMAIS, né? Isso faria de MIM o cara mais MANEIRO do colégio!

Mas vou contar um segredo para você. Ser bombardeado por um passarinho feroz NÃO é maneiro. É simplesmente... NOJENTO!!

TV, revistas em quadrinhos e filmes fazem essa coisa toda de super-herói parecer fácil pra CARAMBA. Mas não É! Portanto, não acredite em PROPAGANDA ENGANOSA.

Você NÃO descola superpoderes dando uma passada em um laboratório, misturando uns líquidos coloridos e brilhantes e simplesmente BEBENDO...

EU, PREPARANDO UM SABOROSO MILK-SHAKE DE SUPERPODERES

Como eu sei que isso não funciona?...

Em outras palavras...

Ainda que eu TIVESSE superpoderes, a primeira pessoa que eu teria de socorrer seria...

EU MESMO!

Por quê?

Porque um cara no colégio pregou uma PEÇA podre em mim.

E, infelizmente, eu posso estar MORTO quando você estiver lendo isso!

Isso mesmo, eu disse "MORTO".

Certo, admito que ele não tinha a INTENÇÃO de me matar.

Mas mesmo assim...!!

Então, se você é do tipo de pessoa que SURTA com essas coisas (ou com revistas em quadrinhos de suspense), é melhor nem ler o meu diário...

Hum... com licença, mas você AINDA está lendo?!

Certo, tudo bem! Vá em frente.

Só não diga que eu não avisei!

2. SE HOUVER UM CADÁVER DENTRO DO MEU ARMÁRIO, PROVAVELMENTE SOU EU!

Tudo começou como um dia normal, chato e SEM GRAÇA, na minha vida SEM GRAÇA e absurdamente chata.

Minha manhã foi um desastre, porque acordei atrasado. Depois disso ela seguiu ladeira abaixo.

Perdi completamente a noção do tempo no café da manhã enquanto lia uma revista em quadrinhos bem velha que meu pai tinha encontrado no sótão, uns dias atrás.

Ele contou que tinha ganhado de presente de aniversário do pai, quando era criança.

Ele também me disse para ter muito cuidado com ela e nem tirá-la de casa, porque era item de colecionador e provavelmente valia uma fortuna.

Meu pai estava levando a coisa toda muito a sério, pois já tinha até um horário agendado para avaliar a revista na loja especializada da cidade.

Mas, como eu estava atrasado para o colégio, resolvi ~~pegar escondido~~ levar a revista comigo para terminar a leitura na hora do almoço.

Tipo, o que poderia acontecer com ela por lá?!

De qualquer maneira, enquanto eu corria para o ponto de ônibus, o zíper da minha mochila quebrou e todas as minhas coisas caíram dela, incluindo a revista em quadrinhos do papai.

Eu fiquei, tipo: "Ah, mas que porcaria!! Meu pai vai ME ESTRANGULAR se eu estragar a revista dele!"

Agarrei a revista e estava tentando desesperadamente juntar tudo quando o ônibus chegou, cantando pneu ao frear, esperou por três segundos inteiros e então zumbiu com força outra vez.

SEM MIM!

Ei, eu corri atrás daquela coisa como se ela fosse uma nota de cem ao vento!

"PARE!! PARE!! PAAARE!", gritei.

Mas ele não parou.

O que significa que perdi o ônibus, tive que ir a pé para a escola e cheguei vinte minutos atrasado.

Então levei um esculacho da secretária do colégio. Ela me deu uma autorização para entrar e ameaçou me deixar de castigo depois da aula, porque eu a interrompi enquanto ela estava devorando um donut com recheio de geleia.

E, bem quando eu achei que as coisas não poderiam ficar AINDA pior do que já estavam, elas ficaram.

Quando parei no meu armário para pegar meus livros, o BICHO pegou de vez.

Foi aí que percebi que estava VIVENDO o meu pior...

PESADELO!

Eu sabia que frequentar um colégio novo ia ser difícil, mas isso aqui é INSANO.

A minha vida é NOJENTA!

Sei que você deve estar pensando: "Cara, relaxa! Todo mundo tem um dia RUIM na escola.

Para de mimimi e SAI DESSA!"

SÉRIO?

VOCÊ TÁ FALANDO SÉRIO?

Tipo, COMO eu vou conseguir sair DESSA?!...

Doug Thurston, mais conhecido como "Tora" Thurston, simplesmente ME ENFIOU DENTRO DO MEU ARMÁRIO OUTRA VEZ! E estamos apenas na segunda semana de aula.

Se ainda estamos nos DIVERTINDO? Parece que faz, tipo, uma eternidade que estou enfiado aqui dentro!!

E, infelizmente, estou sem meu celular para pedir ajuda! Eu saí com tanta pressa de manhã que esqueci o aparelho em cima da mesa.

Minhas pernas estão tão dormentes que provavelmente eu poderia cerrar meu dedão do pé com a minha régua de metal sem nem sentir nada. E eu contei que acabei de ter um ataque de asma? Se eu não carregasse minha bombinha de inalação sempre comigo no colégio, provavelmente já estaria morto!

Com certeza lá pela hora do almoço já vou ter morrido de falta de ar e por causa do fedor do uniforme de educação física no armário ao lado.

O que é irônico de se pensar, já que eu deveria ter morrido DURANTE o almoço na primeira vez em que comi aquele LODO DE ESGOTO que fingem que é comida no refeitório!

~~Como se ESSA TORTURA toda não fosse suficiente, preciso fazer XIXI! Muito mesmo!~~

Preciso dar um jeito de sair deste armário idiota.

Sorte que eu trouxe o meu chaveiro lanterna. Senão estaria o maior breu aqui.

A ÚNICA razão pela qual estou escrevendo tudo isso no meu diário é porque temo que um dia Tora Thurston me tranque no meu armário e eu NUNCA mais consiga sair.

Então bolei um plano genial.

Quando a polícia vier investigar meu misterioso desaparecimento, a PRIMEIRA coisa que vão achar no meu armário ~~(depois do meu CORPO EM AVANÇADO ESTADO DE DECOMPOSIÇÃO)~~ vai ser este diário!...

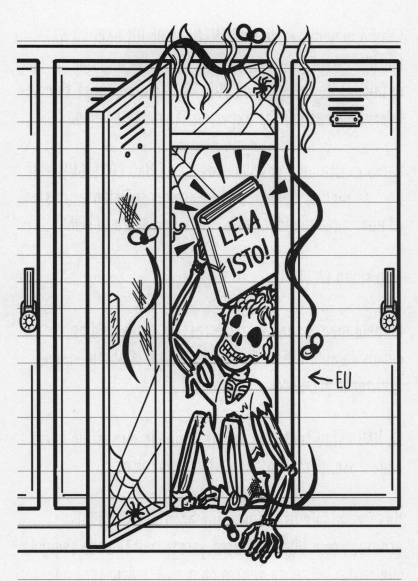

EU, DEPOIS DE TER SIDO ENCONTRADO DENTRO DO ARMÁRIO COM MEU DIÁRIO!

Chamo meu diário de DESVENTURAS DE UM GAROTO NADA COMUM, e trata-se basicamente de um resumo muito detalhado de ~~todo tipo de PORCARIA com a qual já tive de lidar!~~ todas as minhas experiências neste colégio.

Como existe uma possibilidade de eu NÃO CONSEGUIR sair vivo do meu armário, coloquei provas suficientes nestas páginas para mandar Tora Thurston para a CADEIA!

Pelo resto DA VIDA!

Ou pelo menos para ficar de castigo todos os dias depois da aula até se formar ~~ou largar a escola, o que acontecer primeiro!~~

Ei, NÃO estou tentando salvar o mundo ou ser um herói, nada disso, portanto não distorça as coisas.

Mas, se posso evitar que o que aconteceu COMIGO aconteça com VOCÊ ou outro garoto, então cada segundo que passei sofrendo dentro do meu armário terá valido a pena.

3. COMO O DARTH VADER VIROU MEU PAI

Sei que tem gente que deve estar pensando...

"Esse cara existe? Ele está mesmo escrevendo isso tudo DENTRO do ARMÁRIO dele?"

Eu entendo e aprecio a sua desconfiança.

Eu TAMBÉM não estou CONSEGUINDO acreditar que tudo isso esteja mesmo acontecendo comigo! Acho que eu deveria me apresentar primeiro.

Meu nome é Maxwell Crumbly, e estou no oitavo ano, no Colégio de Ensino Fundamental II South Ridge.

Mas a maioria do pessoal aqui me chama de ~~Gorfo, depois que eu vomitei mingau de aveia na aula de educação física~~ Max.

E SIM! Eu mesmo fiz todos esses desenhos.

Saca só a minha atual situação...

Na verdade, esse provavelmente não é meu melhor autorretrato. Me deixa tentar outra vez.

Certo, este aqui está bem melhor...

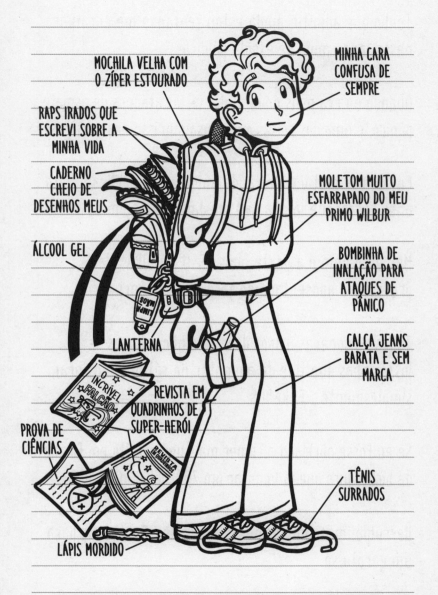

Tenho que admitir, ainda estou tentando me encaixar nesse lance novo de escola pública.

Quando eu era mais novo, tinha sérios ataques de asma e pânico, e uma das coisas que causavam isso era o estresse.

Então, por motivos de saúde, meus pais decidiram, oito anos atrás, que minha AVÓ me daria aulas em casa.

Mas essa nem é a parte mais ASSUSTADORA. Ela é professora aposentada do jardim de infância!

Todas as sonecas, copos de canudinho e livros de historinhas que tive de aguentar no sétimo ano foram simplesmente... ERRADOS!

Se eu fosse obrigado a comer mais um biscoito em formato de bicho, juro que ia vomitar um ZOOLÓGICO inteiro!

Desculpa, mas simplesmente é humilhação demais para um garoto só.

~~Então elaborei um plano secreto para ligar para o conselho tutelar e denunciar minha avó por maus-tratos!~~

Provavelmente o dia mais feliz da minha vida foi quando meus pais FINALMENTE concordaram em me deixar ir para o Colégio South Ridge.

Como já estou bem mais velho e tomando uma medicação nova, meu médico disse que devo ficar bem.

O único problema é que, se meus pais descobrirem que estou tendo qualquer tipo de problema no meu novo colégio que possa me deixar estressado, ~~serei obrigado a voltar para a minha avó, os copos de canudinho e as sonecas até o fim do ensino médio!~~ eles vão me tirar daqui tão rápido que vou ficar até zonzo.

Por isso eu precisava muito resolver esse problema com o Tora Thurston. E RÁPIDO!!!

Mas é meio complicado porque ele é grande feito um boi e meio que fede como um também.

Eu sento bem atrás dele na aula de matemática, e tem dias que é difícil até respirar. Então eu simplesmente tampo o nariz e resmungo comigo mesmo...

Lembra que falei que tenho uma bombinha de inalação? Ela solta uma boa dose de remédio para me ajudar a respirar.

Bom, só que essa coisa é totalmente INÚTIL contra o TORA!

Vasculhei nossa garagem até encontrar a máscara de proteção do meu pai (seu passatempo é pintar carros). E agora eu a uso durante a aula por "motivos de saúde" sempre que o Tora está FEDENDO AZEDO...

← EU, COM A MÁSCARA DE PROTEÇÃO DO MEU PAI NA SALA DE AULA

O mais estranho é que o Tora é muito legal comigo nos dias em que apareço com a máscara.

POR QUÊ?

Porque ele pensa que eu sou filho do Darth Vader! Juro. NÃO estou mentindo.

Ele me contou que, quando crescer, quer ir para a faculdade para virar um Lorde Sith como meu PAI. Ele disse ainda que já conseguiu guardar mais de 3,94 dólares para comprar uma capa preta, uma máscara e um sabre de luz vermelho.

Isso definitivamente é MUITO LOUCO, né? Mas faz sentido se levarmos em consideração o fato de que o Tora já repetiu o oitavo ano, tipo, TRÊS vezes!

Quase caí da cadeira quando ele convidou ~~O FILHO DO DARTH VADER~~ a MIM para uma partida de videogame e uma rodada de pizza na casa dele.

Mas achei melhor NÃO ir, porque em algum momento eu teria de tirar minha máscara para devorar umas fatias de pizza.

Quando o Tora FINALMENTE descobrir que eu NÃO SOU filho do Darth Vader, ele vai dar tanto soco na minha cara que ela vai virar uma pasta disforme.

Se eu aguentasse usar aquela máscara o dia inteiro, aposto que o Tora e eu acabaríamos nos tornando MELHORES AMIGOS! ...

TORA E EU, ANDANDO JUNTOS!

Por falar em melhores amigos, posso contar o número de amigos que tenho ~~em uma mão~~ usando um único dedo.

Algumas semanas atrás, conheci um cara no Pets e Coisas, mas ele estuda no Colégio Westchester Country Day. Eu estava por lá comprando ração com o yorkshire malucão da minha avó, o Profiterole, quando a bolinha de pelo começou latir ferozmente (estou sendo sarcástico) e pulou do meu colo para "atacar" um cara que estava passando.

"Opa! Calminha aí, assassino!", ele riu. Então enfiou a mão no bolso e tirou um petisco para cachorro, depois se ajoelhou e ofereceu. "Sou seu amigo! Tá vendo só?"

O Profiterole parou de latir e, depois de cheirar a mão do estranho, aceitou alegremente o petisco, abanando o rabo, para logo em seguida dar até uma lambida na cara do sujeito.

"Cara! Ele é melhor com você do que é comigo, isso porque dou comida e recolho seu cocô há cinco anos!", exclamei.

"Yorkshires são meio esquentadinhos mesmo. Mas ficam mansos depois que fazem amizade", ele explicou.

"Então você é como o Encantador de Cães. Onde aprendeu a lidar com cachorros?", perguntei.

"Na verdade, passo tempo demais com eles", ele riu. "Sou voluntário na ONG Amigos Peludos."

"Não sou adestrador nem nada, mas consigo dar um banho no Profiterole sem matá-lo afogado!", brinquei. "A Amigos Peludos não está precisando de gente para dar banho em cachorro?"

E foi assim que o Brandon e eu ficamos amigos. Ele é bem maneiro, e nos encontramos uma vez por semana na Amigos Peludos para ajudar a cuidar dos cachorros de lá.

E, ao contrário do Tora, o Brandon não anda comigo só porque pensa que meu pai é o Darth Vader.

E o que podemos dizer sobre isso? Algumas pessoas bebem na fonte da sabedoria, enquanto outras (como o Tora) simplesmente fazem gargarejo e cospem!

Será que Max vai encontrar uma maneira de usar seus superpoderes para derrotar o valentão da escola e salvar o dia?

MAX CRUMBLY ESTÁ PRESTES A ENTRAR NO lugar mais assustador que ele já conheceu: o Colégio South Ridge.

Tem muita coisa legal na escola nova, mas também tem um grande problema: Doug, o valentão local, que tem como passatempo favorito trancar Max dentro do armário.

Se ao menos Max pudesse ser como os super-heróis de seus quadrinhos preferidos... Só que, infelizmente, sua habilidade quase sobre-humana de sentir cheiro de pizza a um quarteirão de distância não vai exatamente salvar vidas ou derrotar algum vilão.

Mas isso não significa que Max não vai dar tudo de si para ser o herói de que a escola precisa!